KB220824

나는 김자야다

1판 1쇄 인쇄 | 2024년 10월 21일
1판 1쇄 발행 | 2024년 10월 28일

지 은 이 | 이동순
펴 낸 이 | 천봉재
펴 낸 곳 | 일송북

주   소 | 서울시 성북구 성북로 4길 27-19
전   화 | 02-2299-1290~1
팩   스 | 02-2299-1292
이 메 일 | minato3@hanmail.net
홈페이지 | www.ilsongbook.com
등   록 | 1998. 8. 13(제 303-3030000251002006000049호)

현대

백석 시인을 사랑했던 조선권번 기생

나는 김자야 다

이동순 지음

얼른북

나는 김자야 다

저는 백석 시인의 뜨거운
사랑을 받았습니다

그 험하고 가파른 세월을 무탈하게 살아올 수 있었던 것은 오로지 제 나이 22세 때 만나 서로 뜨겁게 사랑했던 백석 시인의 고결한 영혼 덕분입니다.

- 김자야가 독자에게 -

한국을 만든 인물 500인을 선정하면서

일송북은 한국을 만든 인물 5백 명에 관한 책들(5백
권)의 출간을 기획하여 차례대로 펴내고 있습니다. 이는
긍정적이든 부정적이든 우리 역사에 뚜렷한 족적을 남긴
인물들의 시대와 사회를 살아가는 삶을 들여다보고 반성
하며, 지금 우리 시대와 각자의 삶을 더욱 바람직하게 이
끌기 위해서입니다. 아울러 한국인의 정체성은 무엇인가
를 폭넓고 심도 있게 탐구하는, 출판 사상 최고·최대의 한
국 대표 인물 콘텐츠의 보고(寶庫)가 될 것입니다.

한국 인물 500인의 제목은 「나는 누구다」로 통일했습

니다. '누구'에는 한 인물의 이름이 들어갑니다. 한 인물의 삶과 시대의 정수를 독자 여러분께 인상적·효율적으로 전할 것입니다. 무엇보다 지금 왜 이 인물을 읽어야 하는가에 충분히 답해 나갈 것입니다.

이번 한국 인물 500인 선정을 위해 일송북에서는 역사, 사회, 문화, 정치, 경제, 국방, 언론, 출판 등 각 분야의 전문가들로 선정위원회를 구성했습니다. 선정위원회에서는 단군시대 너머의 신화와 전설쯤으로 전해오는 아득한 상고대부터, 아직도 우리 기억에 생생한 20세기 최근세까지의 인물들과 그 시대들에 정통한 필자를 선정하고 있습니다.

우리는 지금 최첨단 문명시대를 살고 있습니다. 인터넷으로 실시간 글로벌시대를 살고 있으며 인공지능 AI의 급속한 발달로 인간의 정체성마저 흔들리고 있음을 절감하고 있습니다.

이러한 때일수록 인간의, 한국인의 정체성이 더욱 절실히 요구되고 있습니다. 그 정체성은 개인과 나라의 편협한 개인주의나 국수주의는 물론 아닐 것입니다. 보수와 진보 성향을 아우르는 한국 인물 500인은 해당 인물의 육성으로 인간 개인의 생생한 정체성은 물론 세계와 첨단 문명시대에서도 끈질기게 이끌어나갈 반만년 한국인의 정체성, 그 본질과 뚝심을 들려줄 것입니다.

차 례

자야 여사와 만났던 10년 세월

"사람과 사람의 만남이 반드시 삼천세계(三千世界)의 인연과 그 쌓인 공덕으로 이루어진다"라는 불가의 말이 있습니다. 그 만남은 참으로 예측할 수가 없으니 그저 다가오는 대로 맺어진 관계를 받아들이고 더불어 살아가야 하는가 봅니다. 물론 그러한 만남은 일회성인 경우가 대부분이지만 평생을 가는 일도 적지 않습니다. 지금 지난 세월을 돌이켜보니 저자가 자야 여사를 만나게 된 것은 필연(必然)의 힘에 이끌렸기 때문이 아닌가 하는 생각이 듭니다. 그것은 내 주관적 선택과는 무관한 힘이었지요.

1987년 내가 엮어서 발간한 『백석시전집』(창비 발간)을 매개로 해서 자야 여사를 처음 만났지요. 그리고 첫 만남에서 작별을 하게 되기까지 정확히 10년 세월이 걸렸습니다. 만남도 필연이었지만 작별에도 어떤 피할 수 없는 도도한 운명의 작용이 있었다는 생각을 하게 됩니다. 무릇 인간의 삶에는 이처럼 이합(離合)과 봉별(逢別)의 원리가 반드시 작용하기 마련입니다. 자야 여사와 만나 함께 보낸 지난 10년 세월은 참 아름다웠습니다. 그녀의 삶, 여유로운 품성, 우아한 향취가 책에서만 볼 수 있던 전형적 해어화(解語花)의 바탕을 갖추었기 때문입니다. 때로는 다정한 누님처럼 또 때로는 내가 평소 몹시 갈증을 느끼던 어머니의 표상으로 다가와 삶을 온통 그의 리듬으로 송두리째 휘저어 놓았습니다. 그러니 작별하게 되었을 때 내 가슴속은 칼로 도려내는 듯 따갑고 쓰라렸지요. 이별은 결코 권장할 만한 것이 못 되지만 그녀와의 이별도 하나의 필연에 의한 것이었다는 생각을 합니다.

자야 여사는 한 여인으로 세상에 태어나 보편적 여성들이 겪지 못한 참으로 다양하고도 험난한 세상의 풍파를 겪으며 살았던 것 같습니다. 진심에서 우러난 여러 차례의 사회적 기부를 통해서 가진 자가 보여야 할 삶의 모범을 실천적으로 보여주었으며, 약한 자와 가난한 자를 마음으로 껴안는 긍휼(矜恤)의 고운 미덕도 갖고 있었더군요. 이런 사례들이 세간에 많은 화제를 뿌렸습니다.

이제 자야 여사는 세상을 떠나고 없으나 그녀가 남긴 삶의 흔적이나 발자취는 지금도 세상 사람들에게 줄곧 이야기되고 있습니다. 그리하여 이 책은 '김자야'라는 한 여인의 단순한 전기가 아니라 저자가 10년 동안 만난 자야에 관한 이야기입니다. 독자 여러분께서 대목마다 음미하며 읽어가노라면 어떤 별외(別外)의 사실이나 깨달음도 혹시 경험하게 될지 모르겠습니다.

2024년 9월

이 동 순

제1부

아름다웠던
첫 만남

백석(白石) 시인이 맺어준 인연

 세상의 모든 일 중에서 인연 없이 이루어지는 경우란 거의 없다. 1980년대 후반, 김자야(金子夜, 1916~1999) 여사와 만나게 된 것도 어떤 인연이 있었기에 가능했다. 그 인연이란 바로 백석 시인을 통한 매개다. 다시 말하자면 백석 시인 덕분에 만나게 된 인연이다.

 지난날 나는 백석 시인의 시 작품에 심취해서 하나둘씩 작품을 찾아다니며 수집하였다. 말이 났으니 말이지 그간 우리의 현대문학사 서술 내용에는 모조리 불완전함과 흠결(欠缺)이 가득하였다. 어떤 것이든 읽고 배울 점이 없었다. 문학사 집필을 담당한 사람 자신이 일제강점기 말 황민문학(皇民文學)에 적극적으로 가담한 경우는 그 시기의 문학사 서술을 회피하거나 일부러 외면하기가 일쑤였다. 이와 마찬가지로 계급주의 문학에 대한 알레르기 반응을 느끼는 문학사 서술자들은 1920년대 카프 계열의 문학을 무조건 공산주의 문학이라며 일부러 배제하고 소외시켰다. 그 때문에 분단체제에서 통탄할 문학사 체계의 불구성(不具性)이 빚어지게 된 것이다. 이런 문학사를 어찌 온전한 민족문학사라 일컬을 수 있겠는가. 말하자면 반쪽문학사에 불과하다.

여기에 몹시 우려했던 나는 그 불구적 문학사에 등장하지 않는 시인, 작가 등 소외된 문학인을 일부러 찾아서 자료를 수집하기 시작하였다. 고서점을 줄기차게 뒤지고, 도서관에서 오래된 낡은 도서나 영인본 잡지류, 혹은 신문 자료를 더듬어 찾아다녔다. 충분한 분량은 아니지만 제법 많은 작품을 찾아낼 수 있었고, 시대별로 목록 작업을 할 수 있었다. 시간이 흐르면 흐를수록 조바심이 생기고 한시라도 속히 문학사에서 소외된 작품을 찾아 제 자리를 찾아주려는 회복의 갈망으로 가득하였다. 내가 백석의 시 작품에 깊이 몰입하게 된 것도 이런 취지와 관심의 구체적 실천의 하나였다. 하나의 에피소드를 사례로 들자면 백석의 시 작품을 찾아 옛 자료를 뒤질 때 흰 백(白), 돌 석(石)이 보이면 곧바로 가슴이 크게 뛰면서 흥분이 고조되었다. 그래서 자세히 들여다보면 대개 백석의 이름이 아니라 백철, 백신애, 백광홍 등이거나 이효석, 일석(이희승), 박고석 등으로 빗나갔다. 내가 찾는 정확한 백석은 썩 드물었다. 그런 악전고투 속에서 찾아낸 시 작품은 어느덧 예순, 일흔, 여든 편으로 차츰 늘어났다. 백석의 시 작품을 수집한다는 소문을 듣고 일부러 귀한 작품을 지니고 있다가 보내준 참으로 갸륵한 분들도 있다. 작품 수가 점점 보충된 상태에서 백석 시의 전문을 읽어보면 볼수록 신선한 감각성이나 표현방식에서 크나큰 울림과 놀라움을 느낄 수 있었다. 그것은 종래의 문학사에서 전혀 대면하지 못했던 초유(初有)의 세계였다. 허전한 문학사에다 백석의 시 작품을 보탠다면 더 크나큰 울림으로 확장되는 효과가 분명히 느껴졌다.

그렇게 수집·정리한 백석의 시 작품을 시대 순으로 정리해 놓고, 나는 창작과비평사의 주간으로 일하던 친구

이시영(李時英) 시인에게 편지로 이 사실을 알렸다. 시전집을 발간할 수 있는지를 넌지시 물었는데 뜻밖에도 곧바로 답이 왔다. 내부 논의를 거쳐 시전집 발간이 결정되었으므로 편집을 빨리 마무리해서 보내달라는 회신이 왔다. 나는 그날의 감격을 지금도 뚜렷하게 기억한다. 시전집을 발간하게 되었는데 당장 해결해야 할 문제는 표기방식을 어떻게 할 것인가, 시전집 후반부의 비평적 해설은 어떻게 쓸 것인가, 뒷부분에 낱말풀이를 첨부할 것인지 등등, 여러 가지 현안을 결정해야만 했다. 바로 그날부터 해설 쓰기에 매달려 한 주일 만에 원고를 마무리했다. 제목은 '민족시인 백석의 주체적 시정신' 워낙 쓰고 싶었던 글이라 어떤 막힘이나 장애도 없이 일사천리로 실행되었다. 이 작업과 동시에 진행한 것이 낱말풀이다. 백석의 시작품에는 시인의 고향인 평안북도 방언이 많이 등장하는데 이를 청년기 세대 독자들은 마치 외국어를 접한 듯 낯설고 난삽할 것이 분명했기 때문이다. 그래서 나는 먼저 낱말풀이가 절대적으로 필요하다고 여겨지는 어휘를 일일이 찾아서 카드 작업을 했고, 그것을 하나하나씩 여러 종류의 국어대사전, 평북방언사전, 각종 백과사전 등을 헤집고 다니며 판별해 나갔다. 카드 매수는 거의 천여 장에 달했다. 제자들과 밤 깊도록 연구실에서 얼굴을 맞대고 허심탄회한 의논을 하면서 하나하나 해결했다. 그래도 끝까지 판독되지 않는 부분은 이북오도민회를 찾아가서 평북 출신 인사들과 면담했다. 그런 과정을 거치면서 웬만한 어휘들은 대부분 해석되었다. 그래서 완성한 초고를 출력하고 그 뭉치를 가방에 담아 서울 창비사 편집부를 찾아갔다. 마침 창비의 실질적 대표였던 백낙청 선생도 나를 만나려고 일부러 대기하고 있었고, 마주 앉은 자리에서 백 선생은 나의 노고를 크게 칭찬했다. 해설도 썩 마음에 든다고 했다. 무엇보다도 수원 백씨 문중이 배출한 시인의 시전집을 출간하게 되어 기쁘다고 말했다. 이런 과정을 거치면서 『백석시전집』의 발간은 일사천리로 진행되었다. 드디어 1987년 11월 11일, 이 책은 세상에 그 모습을 나타내었다. 백석의 친구였던 화가 정현웅(鄭玄雄, 1911~1976)이 그린 백석의 옆얼굴 모습이 실린 담백한 표지가 마음에 들었다. 이것은 분단 이후 한국에서 최초로 발간된『백석시전집』이다. 그동안 월북이라는 오해의 굴레 때문에 금지되어 왔던 시인의 작품이 밝은 광명의 세계로 눈부신 얼굴을 드러내는 순간이었다.

언론에서는 우리 문학사가 잃어버린 보배로운 시인을 다시 복원했다며 크게 감탄·격찬했다. 1930년대의 대표적인 모더니스트였던 원로 김광균(金光均, 1914~1993) 시인도 붓으로 직접 쓴 편지를 보내어서 격려해주었다. 당시 중앙일보 문화부 기자로 일하던 기형도(奇亨度, 1960~1989) 시인도 전화를 걸어와 취재를 했다. 곧 한번 만나자는 약속까지 했었는데 끝내 대면하지 못하고 시인은 세상을 떴다.

『백석시전집』이 발간된 지 사흘째 되던 날 나는 대학의 연구실로 걸려온 한 통의 전화를 받았다.

"이번에『백석시전집』을 발간하신 이동순 교수님이신가요?"

"네 그렇습니다만~"

목소리의 첫 음색은 연로한 남성으로 느껴졌으나 곧 여성임을 알게 되었다.

"이번에 『백석시전집』을 발간하시느라 노고가 많으셨
군요. 감사를 드리려고 전화를 걸었답니다."

나는 순간적으로 백석 시인의 가족 중 한 분인 것으로
짐작했다. 그래서 다시 물었다.

"혹시 백석 시인과 어떤 사이이신지요?"

"그 사연을 전화로 곧장 말씀드릴 수는 없고 속히 한번
뵈었으면 합니다."

할머니는 품격 높은 서울 말씨를 썼는데 화법에서 특별
한 분위기가 느껴졌다.

아름다웠던 첫 만남

    1987년 하반기에는 몹시 바빴다. 우선 『백석시전집』 발간으로 여러 신문사, 방송사로부터 인터뷰 요청을 받았고 이에 따라 인터뷰 일정이 많이 잡혀 있었다. 게다가 내 나이 23세 때 당선된 신춘문예의 주관사인 동아일보에서 1988년도 응모작 중에서 시 작품에 대한 예심을 맡아달라는 요청이 왔다. 여러 일이 한꺼번에 겹쳐지니 눈코 뜰 새 없이 바빴다. 여러 인터뷰를 끝낸 다음 12월 초순, 신춘문예 응모가 마감된 직후 동아일보 문화부로 가서 시 원고를 확인했다. 6천 편이 넘는 원고가 하늘색 플라스틱 통 여러 개에 그득히 담겨 있었다. 그해의 예심위원으로 위촉된 사람은 나와 김광규 시인이었다. 둘이서 작품 전체를 절반씩 나누어 신속히 30편씩 선정하고 두 사람이 별도로 만나서 30편을 선정한 다음 본심에 넘기는 작업이었다. 그런데 신문사 측에서는 내가 지방에서 올라온 줄을 전혀 모르고 줄곧 서울 댁이 어디인지 물었다. 난감해진 내가 서울에 머물 곳이 없다고 했더니 속히 한 곳을 정해서 알려달라고 말했다. 이는 참으로 예의를 벗어난 응대였다. 심사를 위촉했으면 해당 위원의 프로필과 구체적 정보를 모두 확인한 다음 그에 부합하는 예우를 해야 마땅한 것이 아닌가. 내가 지방에서 올라온 것을 전혀 짐작하지 못하고 작품을 서울의 숙소로 옮겨다 주겠노라는 말을 되풀이했다. 제대로 된 예우라면 어디 허름한 호텔의 방이라도 하나 얻어서 거기 머물게 하고 그곳으로 작품을 옮겨 주어야 맞다. 그런데도 신문사 담당 기자들은 이러한 예우를 전혀 무시하고 자꾸만 서울에서 머물 곳을 정해달라고 했다. 그렇게 해서 갑자기 떠오른 곳이 작가 김성동(金聖東, 1947~2022)의 신혼 댁이었다. 혼례를 치른 지 아직 한 해가 채 되지 않은 작가에게 전화를 걸어서 난감한 전후 사정을 털어놓으니 곧장 자기 집으로 오라고

30

했다. 대단히 미안한 마음이 들었지만 좌고우면(左顧右眄)할 겨를도 없이 주소가 적힌 종이를 가지고 서대문구 불광동 부근의 작은 슬라브 주택을 찾아갔다. 내가 도착하고 잠시 뒤에 동아일보 담당 기자는 소형 트럭에 가득 실은 시 작품 응모작 더미를 김성동 작가의 댁 대문 안쪽에다 던져놓고 가버렸다. 시 작품은 뜻밖에도 세 개의 우체국 소포 행낭에 들어 있었는데 그 행낭은 거의 폐기 직전의 낡고 구멍 뚫린 물품이었다. 거기에 작품을 발로 꽉 꽉 눌러서 담았으니 행낭 하나에 1천 편가량의 시 작품이 들어있었을 터였다. 작가의 마나님께 낯을 들 면목도 없었는데 모든 사정을 흔쾌히 이해하고 수용한 내외분은 방하나를 내어주고 모든 작품 뭉치를 방으로 옮겨주는 노고를 아끼지 아니하였다. 나는 그 시간 이후로 문 밖 출입을 거의 하지 않으며 밤낮으로 시 작품 읽기에 돌입했다. 무릇 시라는 것은 일정한 감상적 분위기를 바탕으로 한 언어적 구조물이라 읽을 때 어떤 흥취를 느껴야 마땅하다. 그런데 시간에 쫓겨 어떻게든 한꺼번에 많은 작품을 읽으며 거기서 어느 정도의 수준을 지닌 것들을 가려 뽑아야 하니 이것은 가혹한 노동이요, 힘들고 지겨운 단조로움의 연속이었다. 그래서 억지로 참아가며 모래 속에 감추어진 보배로운 작품을 찾겠노라는 일말의 기대 속에 엄격한 심사 과정에 돌입하였다. 3천 편가량의 시 작품 중에서 30편을 고르는 작업은 꼬박 2박 3일 정도 소요되었을 것이다. 작가의 부인이 틈틈이 과일을 깎아 담은 접시와 음료수를 방에다 넣어주었는데 미안한 마음을 억누를 길이 없었다. 김성동 작가 내외는 동아일보 문화부에서 마땅히 해야 할 일을 대신 수행한 것이다. 그 신혼 댁을 나의 심사 장소로 지정한 내 선택은 얼마나 후안무치한 처사인가. 물론 그로부터 한참 뒤에 부부는 헤어졌고, 작가는 이미 고인이 되었지만 지금 생각해도 낯이 화끈 달아오를 정도로 죄송스럽기 그지없다. 그렇게 나에게 맡겨진 심사 부분을 모두 마친 다음 광화문 부근의 한 다방에서 김광규 시인을 만나 각각 뽑아온 30편을 모은 60편을 다시 읽은 후 그 자리에서 30편을 선정하였다. 그 활동에 두 시간 정도 소요되었을 것이다. 이미 전화로 연락받은 문화부 기자가 대기하고 있다가 그 30편 원고를 받아서 갔다.

그해 본심 위원들은 수월했을 것이다. 30편 가운데서 최종 당선작 1편을 가려 뽑는 일이니 예심보다는 한결 수월했으리라고 짐작한다.

김성동 작가의 신혼 방에서 심사를 거의 다 마쳐갈 무렵의 어느 날 오후 나는 며칠 전에 통화했던 김자야 여사에게 전화를 걸었다. 지금 여러 용무로 서울에 와 있는데 볼일을 다 보았으니 찾아뵈어도 되겠느냐고 물었다. 여사는 처음 통화할 때보다 한결 친숙한 목소리로 반가움을 표시하면서 즉시 와주었으면 하고 바랐다. 그리고 오늘 이미 시간이 늦었으므로 와서 당신 댁에서 하루 묵어가면 좋겠다고 말했다. 나는 그 제의를 기꺼이 수락했다.

서울 용산구 동부이촌동 302-86번지 빌라맨션 2층, 호수는 기억나지 않는다. 택시로 현장에 도착해서 찾아가 벨을 누르니 여사가 직접 문을 열고 환히 웃는 얼굴로 맞이해주었다. 첫 느낌이 범상치 않았다. 정갈하게 빗어서 가르마를 탄 머리에 공단 치마저고리를 입었는데 초겨울이라 단추 없는 배자(褙子)를 저고리 위에 덧대어 입었다. 뒤로 빗어서 둥글게 뭉친 머리는 비녀를 찌르지 않고, 여러 개의 핀으로 형태를 고정한 모습이었다. 여사는 나를 소파로 안내해서 마주 앉았다. 잠시 후 잣을 띄운 수정과가 하얀 찻잔에 담겨 나와, 깎인 사과가 담긴 접시와 함께 테이블 중간에 놓였다. 아파트의 거실은 상당히 넓어 보였는데 우선 한강 인도교가 한눈에 시원하게 내려다보였다. 소파에 앉은 채로 거실 내부를 둘러보니 삼층장을 비롯한 고가구로 가득하였다. 자개와 백동으로 만든 나비 장식이 화려하게 달린 목물들이 즐비했다. 그것만 보더라도 자야 여사의 취향과 분위기가 느껴졌다. 범상치 않은 한복차림의 외모며 집안 분위기로 볼 때 필시 여염집 부인으로 살아온 분은 아닌 듯했다.

"사실 선생님이 발간하신 『백석시전집』은 내가 진작 발간하려던 숙원사업이었지요."

그 말에 용기를 얻어서 나는 단도직입적으로 물었다.

"백석 시인과는 언제 어떻게 만나셨나요?"

자야 여사는 유유히 흘러가는 한강 쪽을 내다보면서 우선 한숨을 폭 쉬었다. 그리곤 이렇게 말했다.

"나보다 네 살 연상이었지요. 함경남도 함흥에서 만났

답니다."

한순간 나의 궁금증은 불같이 일어서 여러 가지 질문을 속사포처럼 퍼부었다.

"원 성미도 급하셔라. 오늘은 그 전후 사연을 모두 말씀 드릴 수가 없고, 앞으로 자주 만나면서 천천히 들려드릴 기회가 있겠지요."

그래서 첫날에는 자야 여사가 자기가 백석 시인을 몹시 서운하게 해서 헤어졌다는 것, 그리고 분단 이후 백석 시 인이 북한에서 너무도 고생스럽게 살아가도록 한 것이 자 기 책임이라는 것, 백석 시인을 위해서 어떤 방식으로든 갚아야 할 사업이 있다는 것 등등을 말했다. 그런 술회 과 정에서 내가 느낀 것은 자야 여사가 젊었던 시절 백석과 연인관계였었다는 사실, 그리고 세월이 엄청나게 흘렀지 만 당시의 아름답고 순정했던 사랑을 아직도 잊지 못하고 있다는 사실 등을 알게 되었다. 나는 조바심을 일단 진정 시켰다. 앞으로 만남의 횟수가 늘어나는 동안 비화들은 저절로 밝혀질 것이라는 생각이 들었다.

처음 만났던 날 저녁, 자야 여사는 나를 위해 일부러 서

울식 설렁탕을 끓여서 맛깔스러운 열무김치와 함께 내어
놓았다. 물론 자야 여사가 직접 음식을 장만한 것은 아니
었다. 주방에는 자야 여사와 거의 나이가 비슷해 보이는
찬모(饌母)가 있었다. 그녀는 가족들과 함께 아예 같은 아
파트의 입구 쪽 방에 별도의 주거 공간을 마련하고 살아
가는 듯했다. 그녀의 아들은 자야 여사의 승용차를 운전
하는 기사로 일하면서 각종 심부름이나 뒷바라지를 하고
있었다.

자야 여사는 방으로 들어가더니 무언가를 들고 왔다.
보니 백석 시집 『사슴』의 복사본이다. 그것을 국립도서관
에서 어렵게 복사할 수 있었지만 그 이후의 작품들은 전
혀 찾아낼 수 없었다고 한다. 중앙대 국문과 교수로 재직
하고 있던 평론가 백철 선생과 친밀해서 자주 전화하고
안부를 나누었는데 백석 시인의 시전집 발간 계획을 털
어놓고 도움을 요청했지만 차일피일 미루다가 결국 고인
이 되었노라고 아쉬움을 털어놓았다. 다시 말하면 『백석
시전집』의 발간은 자신이 계획했던 필생의 과업이었는데
귀하가 이 일을 대신 해결해주었으니 그에 대해서 너무

도 깊은 감사를 드린다는 것이다. 식사 후 다시 거실 소파에 마주 앉아서 환담을 나누었다. 함흥에서 살던 시절 백석 시인과 만나게 되었던 이야기를 조금씩 쏟아놓기 시작했다.

김자야(金子夜)는 누구인가

　　인터넷 인명 검색에는 김자야란 이름으로 등록되어 있지만 그녀는 자야란 이름 외에 세 가지의 이름을 갖고 있다. 하나는 김영한(金英韓)이란 호적 명이다. 또 하나는 김진향(金眞香)이란 기명(妓名)이다. 김숙(金淑)이란 제3의 이름이다. 자야란 이름은 함흥에서 동거하던 시절에 백석 시인이 지어준 애칭이다. 널리 알려진 바와 같이 자야는 중국 당나라 때 동진에 살던, 한 서민 가정의 여인이다. 낭군을 멀리 서역의 국경을 수비하는 수자리 병정으로 보내고 이제나저제나 돌아올 날만 기다리는 애달픈 여인의 풍모를 지녔다. 그 눈물겨운 사연이 시선(詩仙) 이백(李白)의 절창인 「자야오가(子夜吳歌)」에 담겨져 있다. 여름이 가고 서늘바람이 불어서 낭군의 겨울옷을 장만하지만 전할 길이 아득하다는 내용이다. 그러니까 자야란 여인의 표상은 언제까지나 돌아오지 못하는 낭군을 하염없이 그리워하는, 기다림의 여인이다. 비감한 분위기가 서려 있다. 백석 시인이 함흥에 살던 시절에 일본어판으로 발간된 『당시선집(唐詩選集)』을 읽다가 그 시 작품 이야기를 들려주면서 앞으로 당신을 자야라고 부를 것이라고 말했다. 결국 자야는 백석과 이별한 뒤, 두 사람의 순정했던 사랑의 추억을 떠올리고 그 시절을 그리워하며 살아가고 있다.

진향이란 이름은 앞에서 말한 바와 같이 기생으로서의 이름이다. 모든 기생은 본명을 드러내지 않고 그 내재적 특징을 상징하는 가명을 썼다. 소리를 특히 잘한다면 옥엽, 옥심, 은주라 이름 붙였고, 자색이 고우면 홍매, 난초, 모란, 영산홍 등 화초 이름으로 불렀다. 키가 유난히 큰 기생에게는 학선, 비봉 따위의 말들을 썼다. 예능이나 외모가 가장 빼어난 기생에게는 참 진(眞) 자를 붙였는데 진향의 경우도 그러했었는지 모른다. 조선시대의 명기인 진이(眞伊)도 같은 이름이 아니었을까 한다. 봄 춘(春) 자가 들어가는 기명은 억센 기질을 조절하고 다스리려는 뜻이 들어있었다고 한다. 자야 여사에게 진향이란 기명을 붙여준 이는 스승 하규일(河圭一, 1867~1937)이다. 그 인물에 대해서는 나중에 다시 설명하겠다.

김영한은 1916년 서울 종로구 관철동에서 태어났다. 할머니를 모시고 온 가족이 평범하게 살아가는 서민 가정이었다. 제법 넓은 마당에는 사랑채도 있었고, 뒤뜰에는 커다란 살구나무 한 그루가 자라고 있었다. 그밖에도 여러 유실수가 있어서 거기에 열매가 달리면 온 식구가 충분히 나눠먹을 수가 있었다. 어느 날 한 여인이 서양 부인 선교사의 안내로 찾아왔다. 그들은 유성기를 틀어서 동네 사람들에게 들려주면서 자녀들을 어떻게든 학교에 보내어 배우도록 해야 한다고 역설했다. 우리가 자주독립을 하려면 아이들을 반드시 가르쳐야 한다고 누누이 강조했다. 아이들을 학교에 보내지 않는 것은 부모 된 도리를 저버리는 것이라고도 했다. 이런 분위기에 감화를 받은 할머니는 우리 형제자매들을 학교에 보내주셨다. 말하자면

동네에서도 소문난 개화 가정이었다.

　가족이라고 해야 아버지가 일찍 돌아가시고 할머니와 어머니, 즉 시모녀와 우리 다섯 남매뿐이다. 그래도 일곱 식구나 되니 적지 않은 식솔이었다. 처음에는 살림이 그럭저럭 꾸려가는 규모였으나 어느 날 할머니의 친정 쪽 누군가가 불쑥 찾아와 집문서를 잠시 빌려달라고 했다. 그는 광산을 해서 성공하면 원금의 10배로 갚아주겠다고 했다. 대개 그런 말은 거짓이고 허풍이었다. 할머니가 이를 단호히 거절했더니 그는 인감도장과 집문서를 교묘히 위조해서 은행에다 김영한 가족의 집을 저당 잡히고 거액을 훔쳐 달아났다. 얼마 가지 않아 그 사기꾼의 사업은 완전한 실패로 돌아가 버리고 홀연히 종적을 감추었다. 김영한의 가족들은 전 재산을 빚쟁이들에게 차압당하고 하루아침에 거리로 나앉게 되었다. 이 풍파의 영향으로 형제들은 학업도 중단하고 빈집을 하나 구해서 겨우 비바람이나 피하는 가난뱅이 신세로 전락하고 말았다. 이런 가족의 참상을 보다 못한 여러 이웃이 찾아와 그 악덕 사기꾼을 고소하고 당장 감옥에 넣으라고 줄곧 야단이었다.

하지만 그건 인간의 꼴이 아니라며 주변의 권유를 듣지 않았다. 당시 32세였던 김영한 모친은 네 딸과 삼대독자인 막내아들을 거두며 살아갔는데 생활이 워낙 힘겨워 삯바느질을 시작했다. 모친의 바느질 솜씨는 이미 정평이 나 있었으므로 일감이 끊이지 않았다.

어느 날 김영한 모친의 친정 일가붙이로 보이는 한 여성이 찾아와 며칠 동안 묵고 갔다. 일본 유학까지 하고 돌아온 인텔리 여성으로 이름은 정수경이라 했다. 그녀가 김영한을 이쁘게 여기며 만주로 데려가 신식 공부를 시키며 뒤를 돌봐주겠다고 제의했다. 하지만 영한의 모친은 곧바로 거절했고, 이를 곁에서 지켜보던 영한은 외가 이모를 따라가겠다고 어머니를 밤새도록 졸랐다. 그때 영한은 가난한 집안에서 우선 입이라도 하나 덜어내면 어머니께 도움이 될 것이라는 소박한 생각을 했다고 한다. 그 인연으로 이모를 따라서 만주의 안동으로 갔다. 신의주와 맞붙어 있고, 압록강 다리 건너편에 있는 도시 안동에서 김영한은 고녀에 입학해서 학업을 이어갔다. 그런데 뜻하지 않게 환경이 바뀌었으니 그것은 이모가 아기를 출

산한 것이다. 이런 여건 속에서 영한은 산모와 아기를 뒷바라지하는 데 몰두하게 되었다. 그 때문에 학교를 결석하기가 일쑤였다. 결국 어린 몸으로 감당하기 벅찬 일과를 벗어나게 되었으니 서울에서 어머니가 찾아와 나는 집으로 돌아갈 수 있었다.

그러던 어느 날, 영한은 길에서 얼굴이 낯익은 한 언니를 만나게 되었다. 그녀는 둘째 언니의 소학교 동창생으로 집에도 자주 놀러왔다. 이름은 김수정. 그녀는 집이 워낙 가난해서 일찍부터 권번으로 들어가 기생 수업을 받았다는 말을 들은 적이 있다. 수정 언니는 양장을 멋지게 차려입고 날렵한 제비처럼 맵시를 뽐냈다. 언니 말로는 기생이 된 후 열심히 수련해서 춤과 소리의 일인자가 되었다고 자랑했다. 그녀는 장안에서 인기가 높은 기생이 되고부터 자신이 받은 돈으로 친정집을 도와서 살림도 차츰 넉넉해졌다고 했다. 언니의 부모님도 딸을 자랑스럽게 여기며 늘 자랑스럽게 여긴다는 말도 했다. 나중에는 다옥동의 기와집 한 채를 구입해 부모님을 그곳으로 모시고, 남부럽지 않게 살아간다고 하니 그런 모습이 무척 부러웠다. 영한은 며칠 동안 이런저런 생각을 하다가 어느 날 수정 언니를 불쑥 찾아가 말했다.

"저도 언니처럼 훌륭한 기생이 되고 싶어요. 언니가 저를 좀 도와주세요."

"그래 네 말뜻이 무엇인지 나는 잘 알지. 하지만 네 할머니와 어머니께서 몹시도 완고하신데 네가 기생 되는 것을 그냥 보고만 계시겠니?"

영한은 어금니를 굳게 깨물며 결심했다. '무슨 일이 있더라도 어떤 반대가 있더라도 기필코 언니처럼 장안의 멋진 기생이 되고 말 테야.'

그렇게 해서 영한은 집안 어른들께 알리지도 않고 수정 언니를 따라 종로구 다옥동의 어느 커다란 기와집으로 가게 되었다. 그곳이 바로 조선권번이다.

조선권번(朝鮮券番)의 기생 김진향(金眞香)

　조선권번에서는 전라도 진안 현감을 지낸 금하 하규일 선생이 학감(學監)의 자격으로 어린 기생들에게 가무(歌舞)를 수련시켰다. 수정 언니의 인도로 영한은 금하 선생께 삼붓 큰절을 올렸다. 그때 영한의 나이는 불과 열다섯 살. 금하 하규일 선생께서는 일찍이 구한말에 왕실의 국악사로 일하다가 관직의 길로 나아가 진안군수, 한성소윤, 한성재판소 판사 등을 역임하신 분이다. 나라를 일제에 빼앗기게 되자 분연히 벼슬자리에서 물러나 전통 국악을 연마시키는 정악전습소(正樂傳習所)의 학감 직에 취임하였다. 그토록 재능 많은 어른이 전문적 국악인의 길을 걷게 된 것은 20세 전후의 나이에 당대 최고의 가객으로 불렸던 박효관(朴孝寬, 1800~1880) 선생과 최수보(崔守甫) 선생으로부터 깊은 가르침을 받은 덕분이라고 한다. 그 경험을 바탕으로 고전 궁중 아악과 가무에 남다른 뜻을 두고 수련을 계속 이어가셨던 분이다. 금하 선생이 열었던 정악전습소는 가정적으로 불우한 15~16세 소년들을 모아서 고전 아악과 가무 일체를 전수하는 국악 교육기관이었다. 이러한 노력을 인정받은 결과 아악부의 학감으로 취임해서 이 나라 가곡의 전통을 이어가는 소중한 활동에 힘을 쏟았다. 그러한 활동의 하나로 조선권번까지 설립하게 되었으니 하규일 학감의 국악 사랑은 어느 누구도 감히 따라올 수 없는 족탈불급(足脫不及)의 경지라 하겠다.

영한의 집에서는 집안 어른들에게 승낙도 받지 않고 몰래 권번으로 들어간 영한이 몹시 얄밉고 서운한 생각이 들었지만 어머니가 할머니를 잘 설득해서 그런대로 무마되긴 했다. 영한이 언제나 가족과 어른들을 먼저 생각하는 어른스러운 품성을 지니고 있다는 것을 잘 알고 있는지라 할머니께서는 영한의 권번행이 지닌 뜻을 마침내 너

그렇게 이해해주셨다. 어린 딸의 선택이 집안 살림을 도우려는 충심에서 비롯된 것임을 어머니는 잘 알았다.

한편 조선권번에서는 하규일 학감이 영한의 품성을 김수정에게서 들으신 다음 따로 면접을 봤고, 마침내 학감 선생께서 영한의 양부모가 되기로 결정했다. 영한은 말없이 수정 언니가 인도하는 대로 따라가서 학감 선생 내외분께 이젠 부모님께 하듯 큰절을 정성스럽게 올렸다. 양어머니께서는 미리 준비해 두었던 옷 한 벌을 꺼내주었는데 옆방으로 가서 펴보니 남색 스란치마. 주릿대 치마, 노랑 삼회장저고리와 흰 버선 등이었다. 그 복색을 모두 갖춰 입고서 양부모님 앞으로 나아가 다시 큰절을 드렸다. 학감 선생께서는 빙긋이 웃으며 말씀하셨다.

"의복이 잘 어울리는구나. 이제부터 네 이름을 진향(眞香)으로 부를 거란다. 옛날 일은 모두 잊어 버리고 앞으로는 아무쪼록 학업에만 몰두하도록 힘쓰거라."

"세상에서 가장 정갈한 물은 어떤 냄새도 풍기지 않는 법."

"어떻게든 이를 악물고 열심히 수련하며 연마를 거듭

해야 하느니라."

이제 이름이 진향으로 바뀐 영한은 학감 선생의 말씀을
속으로 곰곰이 되새겼다. 한번 시작한 길, 반드시 빛나는
성취를 하리라. 학감 선생 댁을 나와서 다시 조선권번으
로 돌아온 진향은 먼저 거울 앞에서 자신의 모습을 비쳐
보았다. 어깨는 꼭 집어다 놓은 듯 좁다랗고, 가느다란 허
리는 마치 버들가지처럼 호리낭창하다. 또 어찌 보면 개
미허리처럼 잘록한 느낌도 든다.

옆에서 수정 언니가 말을 거들었다.

"애, 진향아! 너의 새 출발을 축하해. 기생이란 모름지
기 그 맵시가 동산에 막 돋아 오르는 보름달 같아야 한단
다. 언제나 몸매가 동동 뜨는 듯이 발걸음이 사뿐해야만
일품이란 소리를 듣는 거야."

진향은 수정 언니의 그 알쏭달쏭한 말뜻을 다만 짐작하
며 담장 너머 길거리를 바라보았다. 하루해가 저물어가
는 시간이다. 자동차와 우마차, 인력거와 행인들이 저녁
거리를 가득 메우고 있었다. 처음엔 그저 영문도 모르고
언니가 시키는 대로 따르기만 하다가 마침내 저녁이 되어

혼자 몸이 되고 나니 그제야 피로와 고독감이 거센 파도처럼 밀려왔다.

"내가 너무 경솔했던 것은 아닌가. 지금 내 꼴이 마치 억센 손에 잡혀 온 토끼처럼 숨만 팔딱거리고 있네. 나는 어디에 와 있나. 내가 꿈을 꾸는 것은 아닌가."

갑자기 진향의 두 눈이 화끈거려오며 눈자위에서 서러움의 눈물이 고이더니 저절로 뚝뚝 떨어져 발등의 버선을 적셨다. '무엇보다도 할머니와 어머니께 너무도 송구하고 죄스러운 마음을 과연 어떻게 갚을 것인가. 이 눈물을 동료에게 절대로 보여서는 안 된다.' 앞날이 막막하지만 어린 생각에도 이런 다부진 마음이 먼저 들었다. 갑자기 목이 쓰리고 아파서 진향은 화들짝 놀란 듯이 부엌으로 달려 나가 바가지를 찾았다. 그런데 물독의 높이는 진향의 키보다 높았다. 발돋움을 한 채 안간힘으로 바가지에 물을 떠서 담으려니 뜻대로 되지 않았다. 담벼락 옆에 세워진 나무통을 물독 옆에 옮겨다 놓고서야 겨우 물을 떠서 마실 수 있었다. 아, 그런데 물독의 물이 잔잔해지자 거기에서 어머니의 수심에 찬 얼굴이 보이는 것이 아닌가. 진향의 두 눈에서는 그간 참아온 눈물방울이 뚝뚝 바가지 속으로 떨어졌다. 진향은 오랫동안 울음을 참았다가 마구 흐느꼈다. 상체를 물독 속에 구부려 넣은 자세였다. 울음소리가 물속에서 공명(共鳴)으로 더욱 크게 들렸다. 그렇게 한참 울고 나니 가슴이 불덩이처럼 뜨거워지면서 목이 화끈거렸다. 눈물이 담긴 바가지로 물을 떠서 단숨에 벌컥벌컥 마셨다. 그 물이 어찌 그리도 달고 시원하던지. 그래서 진향은 지금도 눈물의 맛이 달고 시원하다고 말한다.

그 후로도 진향은 조선권번에서 수업을 받던 중에 여러모로 힘들고 속상한 일이 있으면 이 부엌의 물독을 찾아서 상체를 구부려 넣고 한참을 울었다. 그러고 나면 속이 후련해졌다. 그 물독은 이제 진향이 흐느껴 울 수 있는 공간이었다. 함께 지낼 때는 친형제들과의 우애를 느끼지 못했지만 서로 떨어져 있으니 어찌 그리도 그립고 보고 싶은 생각이 간절해지는지. 눈만 감으면 언니와 동생들이 울면서 자신을 애타게 부른다는 환상이 떠올라 서러움에 소스라쳐 일어나곤 했다. 당시 정악전습소에서 공부하다가 시내 외출을 나갈 일이 있으면 반드시 전형적 기생 복식으로 차려입고 나가야 했다. 남빛 끝동, 자줏빛 옷고름, 자주색 깃을 갖춘 삼호장 저고리를 입었다. 진향은 그게 싫어서 일부러 일반 여학생들의 복장처럼 검정 치마와 흰 저고리를 입었다. 거기다 때 묻은 운동화를 더욱 희게 보이려고 하얗게 분칠해서 신고 나갔다. 학감 선생은 진향의 이런 모습을 보고 빙긋이 웃으셨다.

이 무렵 진향도 첫사랑을 하게 되었다. 어느 날 시내 나들이를 갔다가 길에서 친구를 만나 그녀의 집까지 동행하게 되었다. 그런데 친구의 집에서 친척 오빠라는 한 청년을 만났다. 사각모를 쓴 그의 외모는 당당했고 멋이 느껴졌다. 동경 유학생이라고 했다. 그는 진향을 보자마자 호감을 표시하며 자꾸 이런저런 말을 걸어왔다. 진향도 은연중에 그의 풍모에 호감이 갔다. 그 청년은 경기도 평택의 어느 부잣집 외동아들이라고 했다. 이게 인연이 되어서 두 사람은 이따금 몰래 약속을 하고 시내에서 만나는 사이가 되었다. 어느 소낙비 오던 날 밤, 골목 쪽으로 난 진향의 방 창문을 누군가 똑똑 두드렸다. 깜짝 놀라 내다

보니 그 대학생 청년이었다. 그는 쏟아지는 빗줄기를 그
대로 온몸에 줄줄 맞고 있었다. 진향이 화들짝 일어나 박
쥐우산을 들고 나갔더니 그는 진향의 손목을 한 손으로
덥석 감아쥐고 다른 팔로는 진향의 어깨를 감싸 안은 채
무작정 걸었다. 빗줄기는 점점 굵어졌다. 두 사람은 다옥
동에서 전차를 차고 무작정 시내를 한 바퀴 돌고 난 다음
말없이 헤어졌다. 청년은 기생 진향의 처지를 동정하는
듯했다. 진향을 몇 차례나 기적(妓籍)에서 뽑아내어 구출
해야겠다는 생각을 했다. 진향은 청년의 그런 모습이 싫
어졌다. '왜 내가 그의 동정을 받아야 하지'라는 생각이 들
었다. 청년과의 관계는 더는 이어지지 않았다. 여러 날이
지나도록 소식도 없었다. 그렇게 헤어진 뒤로 가만히 생
각해보니 그 청년의 이름조차 기억하지 못했다. 가벼운
연정이 있었으니 그것도 첫사랑이라 할 수 있었을까. 이
름 따위를 알아본들 무엇 하리오,

　정악전습소에서 진향의 수업 성적은 나날이 향상되어
갔다. 가무 솜씨가 점점 놀랍게 발전하니 금하 선생께서
는 진향에게 어린 후배 5, 6명을 지도하라는 새로운 임무

를 맡겼다. 동료들은 모두 금하 선생에게 특별히 총애 받는 진향을 부러워했고 그 중에는 시샘을 하며 입을 비쭉거리는 사람도 있었다. 사람들은 진향의 옷 입은 자태가 보통 아이들과 다르다거나 절하는 맵시가 일품이라고 하는 등 온갖 찬사를 퍼부었다. 하지만 진향은 그런 말들이 별로 달갑지 않았다. 진향은 어떻게든 학교 공부를 원 없이 오래 해봤으면 하는 갈망이 속으로 끓어올랐다.

금하(琴下) 하규일(河圭一) 스승의 가곡 교수법

가곡(歌曲)은 한국의 전통 노래다. 정가(正歌)라고도 부른다. 보통 남녀 창(唱)으로 구분하는데 그 방식은 입창(立唱)이 아니고 좌창(坐唱)이다, 그러므로 노래를 부를 때의 앉음새는 매우 중요하다. 몸맵시도 단정해야 하지만 앉을 때에는 오른쪽 무릎을 세우고, 그 세운 무릎 위에다 두 손을 다소곳이 포개어 얹는다. 한번 자세를 잡으면 절대로 요두전목(搖頭轉目)을 해서는 안 된다. 요두전목이란 집중이 흐트러진 상태로 머리를 좌우로 흔들거나 눈망울을 이리저리 굴리는 것을 말한다. 그것은 우선 상스럽게 보인다. 고개를 다소곳이 하고 눈을 반쯤 내려 떠서 마치 일정한 점에다 꽂은 듯이 똑바로 앉아 청정한 음색으로 노래를 불러야 한다. 노래 한바탕인 10곡이 모두 끝날 때까지 결코 자세를 흩트리지 말아야 한다. 자세의 유지가 가장 중요하다.

가장 느린 우조(羽調)인 이수대엽(二數大葉) '버들은 실이 되고 꾀꼬리는 북이 되어/ 수십 삼춘에 짜내느니 나의 시름/ 뉘라서 녹음방초를 승화시라 허든고' 이 모든 대목을 부르는데 전체 구성이 5장이다. 노래의 첫 대목인 '버들은' 이 세 글자를 제대로 불러내는 발성법이 여창가곡의 가장 기초적인 부분이 되는 학습 관문이었다. 이 세 글자만 완벽하게 부를 수 있을 때까지 꼬박 석 달이 걸렸다. 모든 어린 기생은 하규일 선생이 만족스러운 표정을 지을 때까지 수련을 거듭해야만 했다.

여창가곡에서의 창(唱)이란 '일청이조(一淸二調)'란 말로 풀이된다. 그것은 우선 노래목이 가늘고 청아한 성음을 유지해야만 하고, 특수한 발성법에 도달할 때까지 피나는 노력을 반복해서 수련해야만 한다는 뜻이다. 가곡의 발성법과 기교를 일컫는 특별한 말들이 있다. '속목', '

겉목', '조르는 목', '풀어내리는 목', '뜨는 목' 등등 그 오묘한 방법의 갈래는 무한히 확장된다. 이 방법을 잘 배합해서 가장 멋진 노래를 불러내어야 훌륭한 가인(歌人)이라고 불리게 된다.

창을 연습하는 중에는 어떤 악기 반주나 악보에도 절대 의지하지 않는다. 오로지 오른손과 왼손을 번갈아 짚어가며 한배, 즉 템포에 맞춰서 들어 올렸다 놓았다 하는 동작을 적절히 되풀이하는 규칙적 리듬이 필요하다. 손은 좌우로 흔들면 절대 안 된다. 손을 좌우로 흔들게 되면 목도 긴장이 풀어지고 흔들려서 야릇한 괴성으로 빠져든다. 손장단은 다소 무거운 느낌으로 아래위로만 올렸다가 내리는 동작으로 진행해야만 한다. 장단이 정확해야 가곡의 맛도 제대로 살아난다.

이렇게 장단을 정확하게 짚어가면서 구전으로 배우는 기간이 길었다. 초심자가 처음 학습 방에 들어오면 학감 선생께서 먼저 조그마한 책 한 권을 전달해준다. 그 책은 가사집으로 제목은 『가인필휴(歌人必攜)』인데, '노래 부르는 사람이 반드시 품에 지니고 다녀야 한다'는 뜻이다. 하지만 노래를 부를 때 가사집을 훔쳐보는 것은 절대로 허용되지 않는다. 가곡의 가사와 십이가사(十二歌詞), 시조의 노랫말까지 수록된 가사집을 모두 구전으로 달달 외워서 저절로 흘러나오도록 숙달하고 수련해야만 한다. 그러니 독공(篤工)이 얼마나 필요한 것인가.

가곡의 발성법을 익히는 것은 몹시 까다롭고 힘이 들었다. 처음부터 청정한 소리로 긴 장단에 맞춰 부르며 목소리를 스스로 조르다가 제3박에 들어가면서 가장 높은 음인 태음(太音)을 속목으로 뽑아낸다. 그 속목을 다시 비브라토(vibrato) 방식으로 졸라서 톡 채어 올렸다가 내리는데 그때 제 4박의 음높이가 정확하고도 맑은 소리로 자연스럽게 흘러나온다. 이 수준에 도달하면 학감 선생께서는 드디어 '노래목'이 나왔다며 칭찬하고 기뻐하셨다.

숨 쉬는 법도 오랜 수련을 거쳐야 하는데 가곡에서 모든 숨은 일단 길수록 좋다. 숨을 길게 늘이는 연습은 배꼽 아래의 단전(丹田)에 힘을 주어 속목을 뽑아내는 수련이다. 숨이 모자랄 때는 듣는 사람들이 알아채지 못하도록 아주 살그머니 짧은 숨을 쉰다. 이런 숨을 '도둑숨'이라고 불렀다. 하지만 도둑숨도 아무 대목에서나 마음대로 쉬어선 안 된다. 호흡이 부족해서 마음대로 숨을 쉬는 것은 마치 새 옷을 마구 기워서 붙인 것처럼 흉한 꼴이 되고 만다. 노래의 중심이 흩어져서 점잖은 기품이 무참히 사라지고 만다. 노래의 생명은 말 그대로 호흡조절의 효과에 달려 있다고 해도 과언이 아니다. 장단 짚는 법을 배우는 것도 쉽지 않다. 노래 부르는 사람이라면 이 장단 짚는 법부터 가장 먼저 필수적으로 배워야 한다. 손장단 짚는 솜씨만 봐도 그의 노래 수준이나 연습 내용이 그대로 드러나고 만다. 대중 앞에서 노래할 때는 장단을 짚지 않지만 연습할 때는 손장단을 짚어가면서 진행한다. 손장단의 움직임이 노래의 일정한 한배와 완전히 일치하도록 짚어야만 한다. 이때 왼손 검지의 놀림도 매우 중요하다. 그것을 통해 목 쓰는 것에 대한 암시를 하고 가사 붙임새를 지시하는 등 중요한 전달을 하게 된다.

하규일 선생의 가곡 수련은 대개 15세부터 20세 미만의 소녀들을 대상으로 했다. 우조 이수대엽 '버들은' 한 곡을 배우는 과정에서는 일요일을 제외하고 매일 오후 두 시부터 다섯 시까지 꼬박 세 시간씩 하루도 빠짐없이 수련했다. 제자들이 결석하거나 수업 중에 한눈을 파는 일, 꾀를 부리는 일이 생길 때가 있었다. 그럴 때는 앞으로 나오도록 해서 곤장 석 대를 치셨다. 말이 곤장이지 사실은 아주 가느다란 나무막대기에 불과했다. 그래도 이것은 가장 엄한 벌칙이었는데 선생께서 직접 체벌하지 않고 함께 수업을 듣는 후배를 불러내어 대신 집행하도록 했다. 선배는 종아리를 걷고 목침 위에 올라선다. 후배가 잠시 멈칫거리다가 기어이 막대기로 종아리를 몇 차례 친다. 그것은 수치심을 크게 자극하는 일이었다. 가볍고 약한 벌로는 금하 선생만의 독특한 방법이 따로 있었다. 먼저 어린 소녀의 팔뚝을 걷어 올리게 한다. 그리곤 그 팔뚝의 안쪽을 새끼손톱으로 살그머니 긋는 벌이다. 이를 '생선 벨따기 벌'이라 했다. 몹시 창피한 마음이 들었고, 보드라운 피부에서 느껴지는 야릇한 고통은 그냥 참아내기가 힘들었다. 그 때문에 이 벌을 받을 때 동기(童妓)들은 아프다고 흐느껴 울면서 엄살을 부렸다. 이렇게 한 곡을 떼는 데 서너 달은 족히 걸렸다. 가장 느린 우조 이수대엽 한 곡만

떼게 되면 학감 선생께서는 "네가 드디어 가곡에 입문했구나."라고 말씀하셨다. 여창가곡의 한바탕은 모두 15곡이다. 1년쯤 가곡을 수련하고 나면 차츰 품격 높은 궁중무용인 춘앵전(春鶯囀), 쌍검무(雙劍舞), 연화대무(蓮花臺舞), 포구락(抛毬樂), 가인전목단(佳人剪牧丹) 등을 배우게 된다. 이 과정은 학감 선생께서 직접 지도해주셨다. 금하 스승께서는 이런 춤의 대가이셨다. 시간이 남을 때는 승무(僧舞)도 지도해주셨다. 승무를 더욱 세심하게 수련할 수 있도록 그 분야의 최고 전문가인 한성준(韓成俊) 선생을 불러다 지도받도록 했다. 이렇게 2년가량의 수련과정을 모두 마치게 되면 드디어 배반(杯盤)을 치르게 된다. 이 배반이란 말은 일종의 수료식이란 뜻이다. 처음 수련을 시작할 때 20~30명이 넘던 수련생들이 배반에 이르러서는 고작 10명 정도가 남는다. 배반식이 치러지는 날에는 전문 악사들이 직접 와서 장고, 거문고, 양금, 해금, 대금 등을 연주했다. 이날 어린 기생들은 남치마, 옥색 저고리, 백색, 연분홍, 황색, 연두색 저고리도 입었다. 그 복장은 어쩌면 각종 행사에서의 공식 제복과도 같았다. 일단 악사들의 반주가 시작되면 드디어 여창가곡이 시작된다. 먼저 대표 격인 향수기생(鄕首妓生)이 수창(首唱)을 뽑아낸다. 이 향수기생을 선정할 때는 동기생 가운데 노래를 가장 잘 부르고 용모와 태도가 뛰어난 사람을 골라서 정했다. 이때 하규일 학감께서는 조금 떨어진 곳에 서서 직접 장단을 짚어주셨다. 모든 기생은 귀로는 반주를 들으며 눈으로는 금하 선생의 손장단을 한순간도 놓치지 않고 지켜보아야 한다. 향수기생의 인도에 따라 십이가사를 비롯한 여러 노래를 모두 불렀다. 맨 마지막 과정은 남창(男唱) 가객들과 소리를 함께 섞어서 '태평가'를 불렀다. 이 기나긴 과정을 마무리하는 '태평가'를 부를 때면 그야말로 풍진세상과 떨어져 태평성대의 한없는 선경으로 날아오르는 듯 마음은 편안한 안정감으로 나른하게 젖어들었다. 이렇게 모든 과정이 끝이 나면 한 시간 정도 휴식을 한다. 그러고 나면 미리 준비된 주안상이 들어온다. 이를 '배반상(杯盤床)을 차린다'고 했다. 말하자면 학습과 수련의 마무리를 기뻐하고 축하하는 자리다. 배반상이 들어올 때면 향수기생이 '권주가'와 '불로초'를 선창(

先唱)으로 부르고, 이어서 모두 장엄한 합창으로 그날 행사를 마무리했다.

　불로초로 술을 빚어 만년배(萬年杯)에 가득 부어
　잡으신 잔마다 비나이다 남산수(南山壽)를
　이 잔 곧 잡으시면 만수무강 하오리다

　지금 당시를 회고해도 참으로 크고 위엄이 느껴지는 행사가 아닐 수 없다. 모든 수련 과정은 이토록 혹독하고 엄격했지만 그 마무리 단계에서 치러진 배반식에서는 흥겨움과 행복감이 넘쳐났다. 금하 하규일 학감의 마음에 들지 못하면 이 배반식에 함께 자리할 자격이 주어지지 않았다. 말하자면 낙제를 하게 되는 것이다. 이런 기생들이 적지 않았다. 마지막 배반식이 치러진 해는 1932년 무렵으로 짐작되는데 그 이후로는 배반식을 치렀다는 이야기를 들어보지 못했다. 그만큼 일본의 식민지가 된 후에는 세태의 변화가 급박하고 위기감이 느껴졌다. 본래 조선의 전통적 빛깔이나 풍속이 일시에 와르르 무너져버린 것이다.

춤 가운데서는 춘앵전이 가장 어렵고 까다로웠다. 금하 선생께서는 "명창(名唱) 10명이 나오기는 쉬워도 명무(名舞) 한 사람 나오기는 어렵다"라는 말씀을 무척 자주 하셨다. 춤은 우선 무녀의 자태나 용모가 뛰어나야 하고, 그 기질도 온화해야 한다. 그래야만 춤을 제대로 이끌어 나갈 수가 있으니 반드시 그 재주를 타고나야만 가능하다고도 했다. 무녀에겐 자태와 용모가 8할, 나머지는 수련으로 가능하니 한국에서는 춘앵전을 가장 잘 추는 사람이 김명옥(金明玉)과 김진향 둘뿐이라고 금하 선생께서는 자주 칭찬하셨다.

춘앵전을 출 때 입는 복색은 최고로 화려하고도 아름다웠다. 고운 몸매에 입혀놓으면 가히 아름다운 꾀꼬리 한 마리가 봄버들 가지에 앉은 듯한 착각을 할 정도였다. 춘앵전을 추는 무희는 '물 찬 제비 같은 몸매에다 외씨 같은 발 맵시'가 기본이라고 했다. 춤의 생명은 무엇보다도 발 맵시에서 뿜어져 나오는 아름다움이기에 치맛단으로 발을 가려서는 절대 안 된다. 단정한 자태로 반듯이 서서 고개를 약간 다소곳이 들고, 눈은 반쯤 내리깔고, 두 손은 모아서 가지런히 포개어놓는다. 평조회상(平調會相) 상영산(上靈山)의 긴 첫 장단이 들리면 몸을 반쯤 숙여서 정중히 인사를 한다.

첫 박을 치면 장단 한배에 맞춰서 오금을 천천히 죽였다가 같은 한배로 오금을 편다. 그와 동시에 오른쪽 발을 무겁게 들어 엇비스듬히 떼어 앞으로 한 발짝 사뿐히 내려놓는다. 왼발도 오른발과 같은 장단과 모양으로 발을 떼며, 좌우로 두 번씩 걸음을 옮겨 화문석 한가운데로 나아간다. 이때 발끝이 치켜져 발바닥이 보이지 않도록 하는 동작이 중요하다. 평발로 사뿐히 들어서 옮겨놓아야 한다. 그밖에도 춘앵전 동작의 구체적 해설은 설명할수록 끝이 없다. 춘앵전의 맛은 어떻게든 신비하고도 깊은 정중동(靜中動)의 멋이 살아나도록 하는 데 있다. 이것이 핵심이라 할 수 있겠다.

금하 하규일 선생께서는 서울 수송동 숙명여고 앞에다 '수요회(水曜會)'라는 이름의 정악전습소를 열어서 매주 수요일에 반드시 한 차례씩 모임을 열었다. 이 모임의 대

다수 구성원은 대체로 삶에 여유가 있는 양반 가문의 율
객(律客)들이었다. 우리나라의 옛 전통 가곡과 궁중무용
은 오로지 금하 하규일 선생에 의해서 그 품격 높은 예술
성이 잘 보존되어 왔다고 해도 과언이 아니다.

제 2 부

시인과
기생의 사랑

백석 시인과의 사랑

　김진향이 압록강 건너 만주 땅에서 안동고녀를 다닐 때 오자와(大澤)라는 일본인 역사 선생이 있었다. 그는 수업 시간에 폴란드 국민들이 외세의 침략으로부터 민족 언어를 지켜낸 이야기를 종종 들려주었다. 폴란드에서는 수업 내용을 염탐하기 위해 비밀경찰이 몰래 다녔는데 그들에게 들키지 않게 책상 밑에 모래통을 가져다 놓고 글씨를 연습하도록 했다. 그러다가 비밀경찰이 갑자기 들이닥치면 그 통을 얼른 발로 흔들어서 모래를 흩어지게 해서 글씨를 알아볼 수 없도록 했다고 한다. 그런 이야기를 들려주던 오자와 선생은 일본인이지만 참 훌륭한 분이었다. 그 말씀에 크게 감화 받아서 진향은 조선권번 시절에 틈틈이 우리의 옛 시조와 십이가사(十二歌詞)를 붓으로 연습했다.

　이런 모습을 뒤에서 유심히 지켜보던 한 어른이 계셨다. 그분은 황해도 연안 출생의 선각자인 해관(海觀) 신현모(申鉉模, 1894~1975) 선생이다. 선생의 자가 윤국(允局)이기에 사람들은 본명보다 신윤국으로 많이 불렀다. 경술국치 후에 선생은 미국으로 망명해서 독립운동을 이어갔고, 유학 생활 중 경제학을 공부한 뒤 1932년에 서울로 돌아왔다. 귀국한 후에는 흥사단, 조선물산장려회, 조선어학회 등에 참여하면서 『조선어사전』을 편찬하는 조직의 재정위원으로 적극적으로 협조하였다. 1937년에는 수양동우회사건(修養同友會事件)으로 투옥되었다가 풀려났다. 그러다가 1942년 조선어학회사건으로 다시 체포되어 함경남도 홍원 형무소에 수감되었다.

　이 신현모 선생이 이따금 조선권번에 다녀갔는데 한번은 우연히 김진향을 보았다. 그녀를 무척 귀엽게 여기며 감추어진 재능을 발견하게 되었다. 그래서 권번 대표를 불러 진향의 일본 유학을 통보했고, 그분의 지원을 받아

일본 오사카고등사범학교의 부속 여학교에 입학하게 되었다. 전혀 예상치도 못했던 일본 유학까지 오게 된 진향은 어떻게든 열심히 공부해서 신현모 선생의 하해와 같은 은혜에 보답하리라 결심했다. 학비는 매달 꼬박꼬박 보내왔다. 그런데 언제부터인가 늘 같은 날에 보내오던 학비가 송금되지 않았다. 이상한 느낌이 들었다. 하숙집 거실에 있는 일본 신문을 보다가 조선어학회사건으로 조선의 여러 명사가 체포되어 함경남도 형무소에 분산 수감되었다는 기사를 읽게 되었다. 거기서 신현모 선생의 이름도 발견했다. 그때 선생께서는 홍원형무소에 수감되어 계셨던 것이다. 깜짝 놀란 진향은 일본 생활을 즉시 중단하고 귀국길에 올랐다. 부산에서 서울을 잠시 거쳐 곧바로 함흥으로 가는 열차에 올랐다. 크나큰 은혜를 베풀어 준 분에게 혼신의 힘을 다해서 옥바라지를 해야 한다는 일념뿐이었다. 그것이 인간의 도리가 아니던가.

함흥에 도착하는 즉시 함흥권번을 찾아가 신분을 밝히니 채용되었고, 거기서 기생 신분으로 일하게 되었다. 월급을 받으면 곧장 시장에 가서 찬거리를 사고 이것저것

요리를 만들어 옥중의 신 선생님을 찾아가 면회했다. 처음엔 거부했으나 나중에 특별면회가 허락되어 사식(私食)과 의복을 넣어드릴 수 있었다. 신 선생께서는 학업을 마치지 않고 중단한 것에 대해 몹시 미안해하며 애석한 심정을 말씀하셨다.

그리하여 함흥권번 기생으로 일하던 어느 날 지역의 명문 학교인 영생고보 교직원들의 행사가 권번에서 열렸다. 참석자 수보다 기생들이 훨씬 적어서 함흥권번 기생들은 참석자들 사이사이에 듬성듬성 끼어 앉아서 서비스를 했다. 진향도 연회장의 한쪽에 자리를 잡았다. 옆자리에는 잘생긴 한 청년 교사가 앉아 있었다. 차츰 분위기가 무르익고 여흥이 펼쳐졌는데 문득 옆자리의 청년 교사가 상체를 진향 쪽으로 기울이며 교자상 아래로 손을 뻗어 진향의 손등을 갑자기 감싸 쥐었다. 그리곤 시치미를 뚝 뗀 얼굴로 시선은 다른 곳을 보면서 진향의 귓전에 대고 나직하게 말했다. 그녀는 처음엔 그게 무슨 말인지 긴가민가했다.

"오늘부터 당신은 내 마누라요."

뜬금없이 이게 무슨 말인가. 아닌 밤중에 홍두깨처럼 불쑥 뱉어내는 그 말을 진향은 전혀 귀담아듣지 않았다. 하지만 청년 교사는 굳게 감싸 쥔 진향의 손등을 더욱 세게 잡으며 일부러 여러 차례 힘을 주곤 했다. 그때부터 진향의 가슴은 콩콩 뛰고 얼굴은 발그레 달아올랐다. 하지만 이를 특별히 눈치챈 사람은 아무도 없었다. 그게 발단이 된 것이다. 청년 교사의 이름은 백기행(白夔行)으로 함흥 영생고보의 영어 교사였고, 고향은 평북 정주라고 했다. 일본 도쿄의 명문인 아오야마가쿠인에서 영문학을 공부하고 돌아와 조선일보 기자로 일하다가 함흥으로 옮겨왔다는 이력을 알게 되었다. 시인으로 문단에도 나왔고, 백석(白石)이라는 이름으로 『사슴』이란 제목의 시집까지 발간해서 문단의 호평을 받은 뛰어난 시인이라고 했다.

하지만 아무리 마음에 들어도 그렇지 어찌 공식적 자리에서의 첫 만남인데 이렇듯 대뜸 그런 말을 함부로 쏟아낼 수가 있단 말인가. 진향은 대개 그런 무책임한 행동을 플레이보이 기질로 여기며 거기에 대해 뚜렷한 반응을 보이지 않았다. 절차도 방법도 모두 무시한 그 저돌적 태도가 처음엔 몹시 불쾌했다. 하지만 그 청년 교사는 다음 날부터 매일 같이 함흥권번을 찾아오거나 전화를 걸어왔다. 너무도 자주 찾아오니 영생고보의 청년 교사가 기생 진향을 좋아한다는 소문이 금방 주변에 퍼졌다. 그 소문을 잠재우기 위해 진향은 일부러 백석을 따로 만났다. 앞으로 이렇게 자주 오지 말아달라고 부탁하는 한편, 서로에게 좋을 게 없으니 아무쪼록 자제하라는 뜻을 전하기 위해서였다. 그런데 그 만남에서 오히려 진향이 그 청년 교사에게 은근히 끌리는 마음을 갖게 되었다. 그렇게 저돌적인 태도를 보이던 사람이 막상 만나게 되니 무척 점 잖고 깍듯한 예의를 갖춘 신사였다. 백 시인은 톨스토이의 소설 『안나 까레니나』 일본어판 한 권을 갖고 와서 마치 예전부터 친했던 사람처럼 진향에게 선뜻 전해주고 그대로 돌아서 가버리는 것이 아닌가. 그 책은 진향이 그전부터 몹시 읽고 싶어 하던 책이었다.

저녁에 집에 돌아와 낮의 일을 생각하니 야릇하게도 푸근한 정감이 들고 마음이 끌리는 것을 느꼈다. 다시 보고 싶은 생각마저 일어났다. 진향은 속에서 단단히 세워두었던 철벽이 스르르 사라지자 청년 교사와 주말마다 만나서 함흥 시내와 근교를 놀러 다녔다. 두 사람의 사랑은 차츰 깊어져서 펄펄 눈 오는 북방의 밤, 자정이 가깝도록 거닐다가 서로의 하숙으로 데려다주며 밤을 새기도 했다. 백석이 진향을 집까지 바래다주면 그다음은 진향이 백석을 바래다주고, 진향을 혼자 보낼 수 없는 백석이 또 진향의 숙소까지 바래다주는 방식이다. 이제 두 사람은 따로 헤어져 살기가 힘든 지경에 이르렀다.

　마침내 백석의 제의로 둘은 동거하게 되었다. 용감한 젊은이들이었다. 당시 백석의 나이는 26세, 진향의 나이는 22세. 두 사람은 아리따운 청춘의 순정 속으로 흠뻑 빠져서 세월이 가는 것도 잊었다. 함흥 시내의 백화점에서 진향이 백석에게 넥타이를 고른 후 선물하기도 했고, 집에서는 진향이 잠들 때까지 백석이 팔베개를 해주며 한쪽 손으로는 당시(唐詩)나 일본의 시 작품을 읽어주기도 했다. 시를 읽어주는 백석 시인의 은근한 목소리를 들으며 스르르 잠이 드는 그 시간이 진향에게는 가장 행복한 시간이었다. 백석도 잠든 진향을 안은 채 이부자리에 눕히고 볼에 뽀뽀해줄 때 그 짜릿한 행복감은 이루 형언할 길이 없었다. 이렇게 두 사람은 함흥에서 2년 동안 함께 뜨거운 사랑의 시간에 푹 빠져서 살았다.

백석, 내 가슴속에 지워지지 않는 이름

지난 1987년 겨울에 자야 여사를 처음 만난 이후 나는 그녀로부터 백석 시인에 대한 여러 회고 내용을 집중적으로 청취하면서 당시 메모하고 정리한 글을 이듬해 『창작과비평』 복간호에 발표했었다. 그 글의 제목이 「백석, 내 가슴속에 지워지지 않는 이름」이다. 그 글을 여기에 옮겨 이 책의 실감을 보태려 한다. 비록 내가 쓴 글이지만 문맥의 행간에는 백석 시인과 자야 여사의 뜨거운 사랑과 영혼이 서려 있다고 믿는다.

1. 지금은 갈 수 없는 땅이지만, 서울에서 경의선(京義線)을 타고 서른네 번째 역을 지나면 운전(雲田), 고읍(

古邑) 다음에 정주(定州)역이 나타난다. 한양에서 북으로 천 리 길을 나귀를 타고 터벅터벅 가야 하던 옛 평안도 정원(定遠) 땅의 군청 소재지.

이른 아침이면 안개가 슬금슬금 내려앉던 북쪽의 독장산(獨將山), 동으로는 봉명산(鳳鳴山), 가뭄 때 기우제를 지내던 묘두산(猫頭山), 큰 돌을 쌓아 오랑캐를 막았다던 방호(防胡)고개, 서쪽으로는 임해산(臨海山)이 있어 곽산(郭山)이 경계를 이루고, 동남은 정족산(鼎足山)에 올라 바다를 바라보기에 좋았다. 역시 그쪽으로 날망에 다섯 봉우리가 보이는 제석산(帝釋山)이 있었는데, 정주 사람들은 이 산을 일러 오산(五山)이라 했다. 춘원(春園)이 오산학교 선생 시절 '제석산인'이라 자호한 것도 이 산의 이름에 근거한 것이다. 서까래같이 굵은 뱀 한 마리가 살았다는 석가산(石假山)이 멀리 아련히 바라다보이는 서북쪽 기슭에는 마을 사람들이 '약천(藥泉)'이라 부르는 약수터가 있었는데, 이 물을 마시고 바르면 피부병이 낫는다 해서 부스럼장들이 들끓었다. 정주의 동쪽으로는 달천(撻川)이 흘렀는데, 이 강은 구성(龜城)의 인산에서 발원해 남으로 흘러 봉명산 물줄기와 합류, 방호고 개 밑을 꺾어 흐르다가 이윽고 정주 앞바다로 들어간다. 그 바다에는 고려 적에 몽고군에게 쫓긴 김방경(金方慶, 1212~1300) 장군이 피신해 숨었다는 위도가 보였고, 서쪽 으로는 정양동 염전이 저녁 햇살 속에 가물가물 보였다.

정주역 앞에는 운해유기점(雲海鍮器店)이란 물상객주 가 있었는데, 납청장에서 만들어진 반짝반짝 윤이 나는 유기들은 대개 이곳을 한 번쯤 거쳐 가게 마련이었다. 그 곳에는 곽산, 노하, 선천, 동림 등지의 이른바 '예수쟁이 마을'에서 놋그릇을 사러 온 사람들로 항상 붐볐다. 정주 는 오산학교 설립자인 남강 이승훈(李昇薰, 1864~1930) 의 영향으로 기독교 세력이 강한 지역이었다.

이곳 갈산면 익성동에서 백석 시인이 태어났다. 그러나 그의 집안은 이 지역의 기독교적인 분위기와는 무관했던 것 같다. 백석은 전형적인 산골 출생으로서 그의 어머니 는 몸이 허약한 아들의 수명장수를 기원하려고 강, 바위, 스무나무 따위에 비난수하는 치성에 열심이었다고 한다. 그러니까 백석은 어린 시절 온통 전통적인 무속 샤머니즘

의 환경에 둘러싸여 성장했던 것으로 보인다. 그는 소싯
적부터 매우 총명했다고 한다. 어린 백석은 이곳에서 '호
박떼기'(말타기와 비슷한 유희), '제비손이 구손이'(다리를
서로 끼워 넣어서 노는 유희)를 하며 자랐다. 정주 출생인
국어학자 이기문(李基文, 1930~2020) 교수의 회고에 따
르면 이 '제비손이 구손이'를 할 때 '한 알 때 두 알 때 상
사네 네비 오드득 뿌드득 제비손이 구손이 종제비 빠 땅!'
하면서 손바닥으로 무릎을 치며 열을 헤아렸다고 한다.

　우리는 백석 시집인 『사슴』에서 이 지방의 구체적인 모
습들을 찾아볼 수 있다. 시 「정주성(定州城)」의 '헐리다 남
은 성문'과 '잠자리 조을던 성터'는 고구려 때에 말갈의 침
입을 막기 위해 쌓은 고주(古州)의 장성과 그 옛터를 가리
킨다. 이 성은 정주군 아이포(阿耳浦)면에서 시작하여 강
계군 설한령까지 약 170리에 이른다. 정주성문이 있던 곳
은 당시 정주군 정주면 성외동과 성내동 부근이다. 시 「
성외(城外)」는 바로 고주 장성의 바깥쪽 마을이다. 시 「흰
밤」에서의 '옛성'도 바로 이곳 부근을 묘사한 것이다. 시 「
여우난골족(族)」에 나오는 '예수쟁이 마을'은 정주에서 그

다지 멀지 않은 어느 기독교인들의 집성마을이었을 것이고, '먼 섬'은 정주 앞바다의 위도나 왜도 쪽이었을 것이다. 당시 평북 일대엔 이런 '예수쟁이 마을'이 흔했다고 한다.

시 「가즈랑집」에 나오는 무당 노파는 북방 관서 지방의 어느 세습무당이었다. 이런 무격(巫覡) 행위와 관련한 의식이 나타나는 작품으로 애기무당이 작두를 타며 굿을 한다는 「삼방(三防)」, 어디선가 서럽게 목탁을 두드리는 무당집이 있었다는 「미명계(未明界)」, 바난수하는 모습이 있는 「오금덩이라는 곳」, 냅일눈을 받는다는 귀신 이야기와 치성드리는 의식이 들어 있는 「고야(古夜)」, 역시 애기무당이 등장하는 「산지(山地)」, 무당의 딸이 등장하는 「오리」, '수무낭ㄱ'과 '국수당고개'가 등장하는 「넘언집 범 같은 노큰마니」(이 시에는 백석의 출생과 관련된 태몽 이야기가 있다.), 작품 전체가 온통 무속적인 분위기로 가득 차 있는 「마을은 맨천 구신이 돼서」 등이 있다.

시 「추일산조(秋日山朝)」와 「절간의 소 이야기」에 나오는 사찰은 아마도 정주 봉명사의 상원암, 수도암이었거나, 지장사의 석천암, 백미산 기슭의 오용암 중의 하나였을 것이다. 시「여승」에서 말하는 '평안도의 어늬 산 깊은 금덤판'은 정주 금광을 끼고 형성된 광산촌이었거나 선천 지방의 한 사금 채취장이었을 것이다. 시「광원(曠源)」에서의 '멀리 바다가 뵈이는 가정거장도 없는 벌판'은 아마도 고읍 → 정주 → 곽산 → 노하, 이 철도 구간의 어느 한 지점일 것이다. 시「동뇨부(童尿賦)」에는 유아의 소변으로 세수함으로써 피부의 퍼런 반점이 치료된다는 정주 지방 특유의 민간요법이 소개된다. 그밖에 「미명계」, 「성외」, 「주막」 등의 시는 목재, 유기, 소, 쌀, 대두, 소금 따위의 집산지였던 정주 지방 상공업 분야의 활기를 말해주고 있다. 이런 배경의 고장에서 백석은 소년 시절 오산학교를 다녔다. 그는 재학 중에 처음으로 서울을 다녀온 적이 있었는데, 이때의 기억을 한참 뒤에 『조광』지의 설문란에 다 쓴 적이 있다. 맨 처음 서울 올 때의 차림새를 묻는 물음에 그는 "검은 고꾸라 중학생 복을 입고 왔다"라고 했으며, 그때 서울의 첫인상에 대해 "건건쩔한 내음새나고 저녁 때 같이 서글픈 거리"라고 말했다.

백석의 아버지 용삼(龍三) 씨는 사진 기술이 뛰어나서

조선일보의 사진반장으로 부임하였는데, 백석은 부친의
권유로 조선일보 후원 장학생 선발에 지원한 후 합격하
여 일본 유학길을 떠난다. 나중에 의사로서 문필가가 되
었던, 백석의 친구 정근양도 이때 백석과 함께 조선일보
사장 방응모(方應謨, 1883~1950)으로부터 장학금을 받아
일본으로 갔는데, 정근양은 의과대학을 지망했고 백석은
아오야마(靑山)학원 영문과에 들어갔다.

  그는 1934년 귀국하여 조선일보 출판부 기자로 정식 입
사한다. 이때 그의 부모는 이미 서울로 옮겨와 살고 있었
다. 그는 조선일보에서 발간하던 계열 잡지인『여성』지의
편집 일을 맡아보면서 1935년 8월,『조선일보』에 시「정주
성(定州城)」을 발표하며 문단에 나왔다. 이때 그는 벌써
자신의 고향 마을을 배경으로 한 유년 시절의 애틋한 추
억들을 독자적인 호흡과 시 형태에 담아 여러 편의 작품
을 써가고 있었다. 이듬해 정월에 이러한 그의 작업은 한
권의 시집이 되어 문단에 그 모습을 드러냈다.『사슴』이었
다. 이 시집이 발간되자 당시 조선일보 학예부에 재직하
고 있던 시인 김기림은 곧 조선일보의 신간 소개란에다「

사슴'을 안고」란 제목의 멋진 글을 써주었다. 1987년 말 창작과비평사에서 『백석시전집』을 출간한 직후 시인 우두(雨杜) 김광균(金光均, 1914~1993)은 필자에게 직접 서신을 보내주면서 그때의 감회를 적었다.

백석 시집 『사슴』의 초판은 한지로 찍어, 하드커버 역시 한지, 케이스 역시 한지였습니다. 오장환(吳章煥, 1918~1951) 군은 장정을 매우 중요히 생각하던 친구인데, 백석 시집 앞에서는 모자를 벗는다고 함께 좋아하던 생각이 나고…. 백석 시집이 나온 다음 해인지 분명치 않사온데, 황혼에 광화문 네거리에서 바람에 머리카락을 날리며 지나가는 미목수려(眉目秀麗)한 시인을 먼 발치에서 본 것이 마지막이었습니다.

시집을 내던 해인 1936년 백석은 조선일보 기자 생활을 그만두고 함경남도 함흥 영생고보의 영어 교사가 되어 옮겨갔다. 이때 그보다 일 년 먼저 영생학원에 가서 자리를 잡고 있던 평론가 백철의 천거가 있었던 것 같다.

다음은 백석과 함흥에서 만난 이후 3년 동안 함께 살았던 자야 여사의 회고다.

2. 나는 백석 시인과 1936년 가을 함흥에서 만났다. 그의 나이 26세, 내가 스물둘이었다. 어느 우연한 자리였었는데, 그는 처음으로 대면한 나에게 대뜸 자기 옆에 와서 앉으라고 했다. 그리곤 자기의 술잔을 꼭 나에게 건네었다. 나는 잔뜩 겁에 질려 있었지만, 그의 행동거지에는 조금의 흐트러짐도 없었다. 자리가 파하고 헤어질 무렵, 그는 "오늘부터 당신은 이제 내 마누라요" 하고 단정적으로 말했다.

그 말을 듣는 순간 나의 의식은 거의 아득해지면서 바닥 모를 심연 속으로 빠져들어 가는 듯했다. 그것이 내 가슴 속에서 아직도 지워지지 않고 있는 애틋한 슬픔의 시작이었다.

그날 이후 우리는 급속히 가까워졌다. 함흥 교사 시절 그와 나는 각기 다른 곳에서 하숙 생활을 했다. 영생학교는 반룡산 밑에 있었고, 그의 하숙집은 학교에서 한 오 리쯤 떨어진, 함흥 근교의 중리(中里)라는 곳에 있었다. 그때 나는 함흥의 히라다(平田) 백화점에 볼일이 있어서 갔다. 그의 첫인상은 외국 사람같이 키가 크고 허여멀쑥한 느낌이었는데, 야릇하게 사람을 끄는 매력이 있었다. 그는 회색 계통의 수수하고 품이 넉넉한 양복을 입었는데 그 후에도 이런 색깔의 옷을 즐겨 입었다. 지금 생각해보면 불과 스물 댓밖에 안 된 청년이 어찌 그리도 거침없이 '마누라'란 말을 썼었는지…. 그가 주로 나의 하숙으로 왔었는데 때때로 그는 불쑥 만주 가서 살자는 말을 했다. 그럴 때마다 그는 내 손목을 들여다보며 장난스럽게 "어이구, 요런 손목을 하고 그 바람 찬 만주 땅에 가서 어찌 살겠나." 했는데, 나는 그 말이 뜨끔하긴 했지만 별로 대수롭지 않게 여겼다.

그는 늦은 밤이면 반드시 내 하숙집까지 바래다주었다. 그때 하숙집 부근 길목에 사진관이 있었는데, 그곳의 진열대에는 젊고 예쁜 여자의 사진이 걸려 있었다. 그는 그 앞에만 오면 일부러 고개를 돌리고 지나갔다. 마치 '당신 말고는 그 어떤 여자도 나는 싫소'라는 뜻을 나에게 보여주려는 듯이….

어느 날 내가 서점에 들렀다가 『당시(唐詩)선집』한 권을 사 왔는데, 백석은 그 책을 한참 읽고 나더니 문득 나에게 '자야(子夜)'란 호를 지어주었다. 나는 그날 이후로 느닷없이 백석의 '자야'가 되었고, 이 호는 아마 지금도 세상에서 우리 둘만이 알고 있을 것이다. '자야'란 물론 당나라 시인 이백의 「자야오가(子夜吳歌)」란 시 제목에서 따온 것이다. 이 시는 중국 동진의 '자야'라는 여인이 변경으로 수자리하러 간 남편과의 생이별을 서러워하는 민요풍의 노래다.

長安一片月/ 萬戶擣衣聲/ 秋風吹不盡/ 總是玉關情/ 何日平胡虜/ 良人罷遠征

(장안도 한밤에 달은 밝은데/ 집집이 들리는 다듬이 소리/ 가을바람 불어서 그치질 않는데/ 사랑하는 우리 님 언제나 돌아오실까)

나의 이 깊은 외로움도 그때 백석이 이 '자야'란 아호를 나에게 붙여주었을 때부터 이미 결정되고 마련된 운명이었던 것일까. 아니면 그는 아직도 그의 원정(遠征)이 끝나지 않아서 돌아오지 못하고 있는 것일까.

1937년 늦가을이었다. 그는 어느 날 『여성』잡지 한 권을 들고 싱글싱글 웃으며 찾아왔다. 그는 책을 뒤적뒤적하더니 한 곳을 펼쳐 코밑에 쑥 들이밀었다. 보니 그의 이름으로 발표된「바다」라는 제목의 시였다. 작품의 아래쪽에는 한 남자가 바지 주머니에 두 손을 넣고 빈 백사장에서 우두커니 바다를 향해 서 있는 그림이 있었던 것 같다. 그 시를 읽다가 문득 '지중지중 물가를 거닐면/ 당신이 이야기를 하는 것만 같구려/ 당신이 이야기를 끊는 것만 같구려'란 대목이 눈에 띄었다. 그래서 나는 대뜸 말꼬투리를 잡아 "아니 내가 끊긴 무얼 끊어요?"라고 했더니 그는 몹시 화가 난듯 이렇게 말했다. "밤낮 당신이 날더러 장가들라고 했잖소! 당신 머릿속에서는 지금도 나를 떠나라 하고 있지? 어디 내 말이 잘못되었소?"

사실 나로서도 그런 말 하는 것이 무척 싫었다. 나는 그에게 자주 장가 들기를 권하곤 했다. 그럴 때마다 그는 묵

묵히 고개를 숙이고 듣고만 있었다. 백석의 어머니는 그때 쉰이 넘었는데 손자가 없는 것을 늘 허전하게 여겼다고 한다. 겨울방학이 되자 백석은 서울에 있는 자신의 부모님 댁에 가서 며칠 동안 머물다 오게 되었다. 불과 며칠 동안만 서로 떨어져 있을 뿐이었지만 그는 하루가 멀다 하고 함흥으로 편지를 써 보냈다. 매일 일정한 시에 어김없이 신문이 배달되어 오는 것처럼. 편지글의 문체에는 다정다감함이 묻어났었으나 '오늘은 누굴 만나고… 무엇을 하고… 어떻게 지냈소…'라는 식으로 일과를 모두 깨알같이 써서 보내오는 것이었다.

그런데 하루는 그 편지가 뚝 끊어지더니 열흘 정도 소식이 없었다. 몹시 궁금히 여기고 있던 어느 날 그가 예고도 없이 불쑥 나타났다. 부모가 하도 맞선을 보라 해서 강잉(強仍)히 맞선을 보았고 그것에 가책을 느껴 드디어 편지를 내지 못했었노라는 내력을 말했다. 그는 평소 부모의 말씀을 퍽 두렵게 여기는 듯했다. 나와 함께 살면서도 부모가 선을 보라 하면, 그는 그것을 도저히 거역할 수 없었다. 그러나 나는 그의 이런 성품을 알면서도 자꾸만 울

화가 치밀었다. 어찌 이럴 수가 있는가. 말할 수 없이 분하고 서운했다. 나는 속으로 심통이 나서 '흥, 그대가 총각이라지…. 야, 정말 대단하구나…. 그래, 내가 속 시원히 피해 줄게…'라는 생각을 하면서도, 허전한 마음이 못내 남아 있었다. 뒤에 알고 보니 그는 편지가 끊어진 그 열흘 동안 맞선만 본 게 아니라 초례(醮禮)까지 치렀던 모양이었다. 그는 장가든 지 사흘 만에 집을 나와 함흥의 나에게로 달려왔다. 각시의 얼굴을 한 번도 쳐다보지 않았다고 한다. 하지만 나는 그의 행위가 너무도 야속한 생각이 들어 그가 학교에 출근하는 걸 보고 그 길로 이불과 짐 보따리를 꾸려서 낮 11시 기차를 타고 서울로 아주 내려와 버렸다. 1937년이 저물어가던 무렵이었다.

그 몇 달 뒤인 이듬해 봄, 어느 주말 오후였을 것이다. 그때 나는 청진동에서 11칸짜리 아주 작은 집을 구해 살고 있었는데, 사동(使童)이 쪽지 하나를 들고 찾아왔다. 펴보니 백석이 보낸 메모였는데 이렇게 쓰여 있었다. "몇 달 만에 이렇게 찾아온 사람을 허물하지 말고 나 있는 데로 속히 와주시오." 사동에게 물어보니 그는 지금 우편국

앞 제일은행 부근의 한 일본식 어묵을 파는 어묵집에 있다고 했다. 내 가슴은 사뭇 그리움으로 두근거려 왔다. 부리나케 그의 앞에 가서 말없이 고개를 숙이고 있노라니 그는 다시금 지난해의 사건을 진심으로 사과하는 것이었다. 나는 그가 나를 찾아준 것만으로도 눈물이 날 만큼 반갑고 기뻤지만, 그의 이 말을 듣고 나서는 그가 무작정 좋아지고, 우쭐해지는 기분을 감출 수가 없었다.

이렇게 해서 우리는 다시 만났다. 그동안 쌓인 모든 함원(含怨)은 눈 녹듯이 사라졌다. 이튿날 그는 출근하기 위해 밤차로 함흥으로 떠났고, 나는 서울에 남았다. 우리는 서로 떨어져 있었지만 절대로 갈라설 수 없는 하나임을 새삼 느꼈다. 그해 초여름, 서울에서는 전선(全鮮) 고보 대항 축구대회가 열렸는데, 백석은 함흥 영생고보 축구부 학생들을 인솔하고 서울에 나타났다. 일주일가량의 출장인 것 같았는데, 그는 오던 첫날에만 학생들을 연습장에 데려다주고는 줄곧 나의 청진동 집에서 기거하다시피 했다. 내가 "학교 아이들은 안 돌보고 왜 자꾸 여기만 계서요?"라고 재촉도 했으나 그는 들은 척도 하지 않았다. 인솔 교사가 사라지자 학생들은 모처럼 상경한 기분에 들떠 떼를 지어 유흥장으로 몰려다녔다. 이들 중 몇몇이 서울의 학생 지도 단속 교사에 적발되었고, 교사는 학생들을 힐문하기 시작했다.

"어느 학교 학생이야?"

"함흥 영생고보입니다."

"서울에는 무슨 일로 왔지?"

"축구대회에 출전하러 왔습니다."

"인솔 교사는 어디 갔어?"

"몰라요, 저희들도 오던 날 운동장에서 한 번 뵌 후론 다시 못 만난 걸요."

일이 이렇게 되자, 함흥 영생학교는 온통 벌집 쑤신 듯 시끄러워졌고, 특히 고참 교사들의 노여움은 대단하였다. 당시 영생학원 이사장으로 있던 이 아무개 씨는 평소 학교일에 매우 열성적이었던 백석을 퍽 좋게 생각하고 있었다. 하지만 이번 일은 다른 교사들 보기에도 그냥 넘어갈 순 없었기에, 같은 영생학원 계열의 여학교로 전보 발령을 냈다. 그 난감한 경황을 무릅쓰고, 백석은 다시 함홍으로 돌아가 영생여고보에서 한 학기인가를 근무했다. 방학이 되자 다시 서울에 왔었는데, 그때 이미 함흥으로 돌아갈 생각을 하지 않았던 것 같다.

그는 사표를 써서 우편으로 부쳤다. 그 며칠 뒤에 예전 직장인 조선일보(출판부)에서 나와 달라는 연락이 왔고, 그 후 백석의 서울 생활은 다시 시작되었다.

함흥 영생학교 시절 아동문학가 강소천과 목사 김관석(金觀錫, 1922~2002)이 백석에게 영어를 배웠다. 지난날 함흥에서 거주한 적이 있는 시인 이기형(1917~2013)은 그 무렵 '함흥 최고의 멋쟁이는 백석'이라는 소문을 들었다. 백석은 평범한 교사에 불과했지만, 이미 시집 『사슴』을 내어 문학적 명성이 높았던 터라, 함흥의 문학 지망생들의 시뿐만 아니라, 습작소설까지도 자상하고 꼼꼼하게 지도해주었다고 한다.

3. 백석 시인과 나는 앞서 말한 나의 청진동 집에서 살림을 차렸다. 함흥에 살던 시절에는, 그가 교사로서 남의 이목에도 신경 써야 했기에, 그가 나의 하숙집으로 와서

함께 지내다 돌아가는 것이 고작이었다. 그러나 이젠 아무것도 구애받지 않아서 좋았다. 마당 한 뼘 없는 작은 한옥이었지만 안방, 건넌방, 그리고 쪽마루에 딸린 작은 찬방(饌房)이 하나 있어서, 우리에겐 그지없이 단란한 보금자리였다. 그의 시 「남신의주 유동 박시봉방」에 나오는 '아내와 같이 살던 집'은 틀림없이 이 청진동 집을 떠올리며 썼을 것으로 짐작한다. 몇 해 전에 나는 친구와 이 집을 일부러 찾아가 보았는데, 뜻밖에도 그곳은 낡고 추레한 보신탕집으로 바뀌어 있었다. 나는 들어가지도 못하고 밖에서 마당 쪽을 기웃거리며 옛 청진동 시절의 추억에 젖었다.

그 시절 우리 둘은 참으로 행복하였다. 서로 무척 만족하였고, 아무런 빈틈이 없었으며, 오직 서로에게만 관심을 가졌기 때문에, 그 밖의 어떤 것에도 무심해질 수밖에 없었다. 지금 생각해보면 그는 늘 나의 기분을 즐겁게 해주려고 세심하게 배려를 했던 것 같다. 그는 나의 어떤 일에도 절대 간섭하지 않았으며, 불편도 주지 않았다. 말 그대로 단정한 젠틀맨이었고, 매사에 열정적이었다. 비록

밖에서 화가 나는 일이 있었어도 혼자 가만히 참고 있는 경우가 많았기 때문에, 나는 그가 언제 화를 내고 있었는지조차 모를 때가 많았다. 그만큼 그는 자신의 감정을 표출하지 않았다. 말수도 적었고, 어떠한 경우에도 남의 결점을 화제로 떠올리는 법이 없었다. 이런 그의 성격을 까다로운 편이라고 할까. 물 한 방울, 종이 한 장조차 누구에게 신세를 지지 않으려고 했으며, 또한 비굴한 모습을 보이는 걸 가장 싫어했다. 그때 청진동 집에는 늘 와서 부엌일과 잔심부름을 해주는 찬모가 있었는데, 나는 그가 찬모에게 무엇을 시키는 모습을 한 번도 본 적이 없다.

그러나 그처럼 말수가 적던 백석도 일단 시에 대한 대화를 하게 되면 갑자기 눈빛을 반짝거리며 많은 이야기를 했다. 그는 요절한 일본 작가인 아쿠다가와(芥川龍之介, 1892~1927)의 이야기를 자주 들려주었고, 또 다른 일본 문인들의 이야기도 재미있게 했던 것 같다. 내가 문학을 모르니 다만 웃기만 하고 들을 뿐, 절대 아는 척하지 않았다. [부끄러운 말이지만 나는 그 무렵 파인(巴人) 김동환(金東煥, 1901~1958) 시인이 운영하던『삼천리(三千里)

』지에 두어 편의 수필을 필명으로 발표한 적이 있다. 종로
네거리 한청빌딩 부근에서 과일을 파는 상인들의 밤 풍경
을 쓴 것인데, 나의 글이 실린 책이 나오던 그날은 온종일
함박눈이 평평 왔다.] 일본의 문인들을 화제로 떠올리긴
했지만, 그는 일본말 쓰는 것을 몹시 싫어했다. 일찍이 일
본 유학도 다녀왔으니 일본말도 잘했을 것이나, 그는 일
본말을 써야 할 때, 바꿔 쓸 수 있는 우리말을 애써 생각하
는 것 같았다. 보통 담화 때는 주로 표준말을 썼지만, 그
의 억양에는 짙은 평안도 말씨가 묻어 나왔다. 무슨 일로
기분이 상했거나 친구들과 담소를 나눌 때, 그는 야릇한
고향 사투리를 일부러 강하게 쓰는 습관이 있었다. 한 예
를 들면 천정을 '턴정', 정거장을 '덩거장', 정주를 '덩주', 질
겁을 '디겁', 아랫목을 구태여 '아르' 따위로 쓰는 식이었다.
그의 식사 공궤(供饋)는 매우 수월한 편이었다. 아무것이
나 가리지 않고 잘 들었지만, 비교적 육류보다는 나물 반
찬을 더 좋아했다.

　한번은 함께 시내 나들이 갔다가 돌아오는 길에 푸줏간
앞을 지나는데, 그가 갑자기 얼굴을 찡그리며 외면하였

다. 그 까닭을 물었더니 "시뻘건 고깃덩어리를 어떻게 똑바로 쳐다볼 수 있어?" 하고 말했다.

정말 그는 푸줏간을 제일 질색했다. 함께 살면서 보니 그에겐 이처럼 드러나 보이는 이상한 습관이 여럿 있었다. 이를테면 집 안방의 창문을 여닫을 때도 그는 자물쇠 만지기를 피하여 손이 잘 닿지 않는 창문틀의 위쪽이나 아래쪽을 겨우 밀어서 여닫곤 했다. 한번은 함께 전차를 타고 어디를 가던 길이었다. 전차가 길모퉁이를 돌 때 갑자기 몸이 한쪽으로 쏠렸다. 그때까지 불결하다는 이유로 머리 위의 손잡이를 잡지 않고 그냥 서 있던 그는 손가락을 꼿꼿이 세워 창유리에 갖다 대면서 몸의 중심을 유지했다. 또 오랜만에 놀러온 친구와 악수하고 난 뒤에는 곧 그가 눈치 채지 않게 수돗가로 나와 꼭 비누로 손을 씻곤 했다. 보다 못한 내가 몇 차례 그러지 말라고 타이르면서 수건을 달라고 할 때 일부러 안 주곤 했더니, 그 뒤 그런 습관만큼은 조금 고쳐진 것 같았다.

그에게는 각별히 즐기는 취미나 오락은 없었다. 술을 좋아하기는 했으나 결코 경음가(鯨飲家)는 되지 못하였고 오히려 홀짝홀짝 아껴서 마시는 애주가 스타일에 가까 웠다. 책으로는 모리악(1885~1970)의 『예수전』, 중국 작 가 변윤(邊潤)의 『요불이전(了不以前)』을 즐겨 읽었으며, 심심할 때면 일본의 문예 잡지인 『붕게이준쥬(文藝春秋)』 를 보거나 일본 시집을 뒤적거렸다.

그의 목소리는 참 다정스럽고 부드러웠다. 목청도 괜 찮은 편이었으나, 나는 그가 노래하는 모습을 한 번도 본 적이 없다. 집에 개가 나팔축음기 앞에 앉아 있는 빅터 상 표의 고급 축음기가 한 대 있었지만 거기에 손대는 걸 한 번도 보지 못했고, 가요나 창극 같은 데도 무관심했다. 그 무렵 『조광』지가 요청해온 설문 란에다 그가 자신의 취미 를 '서도창(西道唱)'과 '타이프라이팅'이라 써놓은 것을 보 았다. 하지만 이 '서도창'이 직접 부르는 걸 말하는 것인지 소리꾼의 노래를 듣는 걸 말한 것인지 분명하지 않다. 그 는 다만 줄곧 말없이 은근한 표정으로 나를 바라보았다. 그 후에는 잡지나 시집을 읽었다. 그의 본명이 백기행(白 夔行)이지만, 그 무렵 청진동으로 그에게 부쳐오던 편지 의 겉봉에는 '백기연(白基衍)'이란 이름이 쓰여 있었던 기억도 떠오른다.

　나는 그가 몹시 기뻐하던 모습을 단 한 번 보았다. 언젠가 내가 시내 본정(本町, 일제강점기 명동의 이름, 혼마찌) 부근엘 나갔다가 상점의 쇼 윈도우에서 넥타이 하나를 보았다. 그것은 옅은 검은색 바탕에 다홍빛 빗금 줄무늬가 잔잔하게 박힌 것이었다. 얼핏 그것이 백석에게 매우 잘 어울릴 것이라는 생각이 들어, 무심코 사 와서 드렸더니 그의 얼굴에는 기뻐하는 기색이 역력했다. 이튿날그는 내가 사 온 넥타이를 매고 출근했는데, 저녁 때 와서는, "여보, 오늘 시내에서 아무개를 만났는데, 이 넥타이 참 좋대."라고 말했다.

　그는 그 뒤 여러 날 동안 출근할 때 줄곧 그 넥타이만 매었고, 퇴근한 후에는 예의 그 말을 꼭 되풀이했다. 나는 속으로 '어제 그 소리 오늘 또 하네. 어쩌면 그게 그렇게도 좋았을까' 했지만, 내심 그 말이 듣기에 무척 좋았다. 이 넥타이 이야기는 「내가 이렇게 외면하고」라는 시에서 '언제나 꼭 같은 넥타이를 매고 고흔 사람을 사랑'한다는 대목으로 옮겨놓고 있다.

4. 백석은 사람을 만나 그가 먼저 주도해서 교제를 이끌어간다거나, 누구를 새로 사귈 수 없는 사람이었다. 인간 백석이나 그의 시에 홀딱 반해버린 사람이 아주 그에게 제 스스로 엎어져 오기 전에는 도무지 사교 능력이라곤 없는 사람이다. 얼른 보기에 무심한 편이었다고나 할까. 그래서 그는 그 누구에게도 특별한 친밀감을 표시하는 법이 없었다. 하지만 함대훈, 허준, 정근양, 그리고 이름이 생각나지 않는 조 아무개와는 비교적 가깝게 지냈다.

도쿄 외국어학교 노어과를 졸업한 일보(一步) 함대훈(咸大勳, 1896~1949)은 황해도 풍천 출생의 노문학자로서 소설도 몇 편 썼다. 그는 조선일보 출판부 주임으로 있었으며, 편집국장을 지낸 함상훈과는 형제지간으로 괄괄한 성격에다 대단한 호주가(豪酒家)였다. 당시 그는 청운동에 살면서 우리 청진동 집에 가장 자주 놀러 왔던, 백석의 직장 선배였다. 나중에는 그가 아무 때건 불쑥 찾아오는 것이 너무 싫어서, 내가 백석에게 "함대훈 씨가 싫어요." 라고 말하면, "그는 당신이 좋다고 하던 걸." 하면서 꼭 함씨와 나를 함께 두둔하곤 했다.

그래도 줄곧 내가 못마땅한 얼굴로 "함대훈 씨가 괜히 그러는 게 아니에요?" 하면 정색을 하며 "아냐. 그는 정말 당신이 좋대."라고 말했다.

당시 함대훈은 어느 잡지사의 직원이던 최아무개의 여동생 최옥희와 열애를 하고 있었다.

평안도 용천 출신의 소설가인 허준(許俊, 1910~?)은 1935년 10월 조선일보에 시 「모체(母體)」를 발표하면서 백석과 비슷한 시기에 문단에 나왔고, 이듬해 『조광』지에 「탁류」란 단편소설을 발표한 뒤 소설 쪽으로 완전히 돌아섰다. 백석과는 같은 직장에 있으면서 서로 잘 통했던 것 같다. 그는 낙원동에 살면서 우리가 사는 곳에 자주 왔다. 매우 큰 체격에 다정다감한 성격이었으며, 술을 좋아했다. 백석은 허준의 이름을 제목으로 시까지 써서 발표한 정도로 그와의 우정이 참으로 각별했다. 의사인 정근양(鄭槿陽)은 문필 생활을 겸했는데 그는 앞서도 말한 바처럼 백석과 조선일보 장학생 동기였고 청진동의 우리 집에 수시로 드나들었다. 나중에 백석이 만주로 떠낳을 때, 정근양도 서울을 떠나 북지(北支) 산서성(山西城) 임분현(臨汾縣)이라는 곳에서 병원을 운영한다는 소식을 들었다.

또 한 사람의 친구는 서울의 어느 중학교에서 영어 교사를 하던 조아무개였다. 그는 우리 집에서 놀다 밤이 늦어 돌아갈 때면, 그때마다 우리를 앞에 세워놓고 "그대들 둘은 어찌 그리도 잘 어울리는 한 쌍인고…" 하면서 몹시 부러운 듯 말했다.

사실 백석과 나는 서로 다른 기질 때문에 오히려 잘 맞았는지 모른다. 한쪽이 뾰족한 성품이고 다른 한쪽은 좀 둥글둥글하다면 인간관계가 조화를 이루는 게 아닐까.

그 밖에 백석과 평소 가깝게 지냈던 이는 문학평론가 백철(白鐵, 1908~1985)이었다. 그는 백석보다 네 살 위였지만 동향 선배로서 친밀하게 지냈고, 한때 함흥 영생학원에도 같이 있었다. 1935년 시집『사슴』이 나온 직후, 서울 종로구의 요릿집 태서관(泰西館)에서 열린 출판기념회의 발기인 명단에 있는 사람들은 몇몇을 빼곤 대부분 백석과 조선일보에 함께 몸을 담고 있던 문인, 화가들이었다. 또 그들은 대개 백석의 시를 남달리 좋아했던 사람들이다.

안석영(安夕影, 1901~1950)은 서울 토박이로 본명이 석주(碩柱)였다. 일찍이 1921년 나도향(羅稻香, 1902~1926)의 『동아일보』 연재소설인 『환희(幻戱)』의 삽화를 그렸던 그는 한국 삽화계의 선구자다. 1930년대 중반의 안 씨는 조선일보 학예부장을 지냈는데, 워낙 잘생긴 얼굴에 다재다능하여, 나중에는 언론계를 떠나 전적으로 영화에만 몰두하였다. 백석보다는 11년 선배로 백 시인이 안 씨를 각별히 따르고 위하였다.

김규택(金圭澤, 1906~1962)은 호가 웅초(熊超)이며, 일본 가와바타 미술학교를 나와 역시 조선일보에서 삽화를 그리던 화가였다. 일본 호세이대학 불문과를 나온 여천(黎泉) 이원조(李源朝, 1909~1955)는 경북 안동 사람으로 시인 이육사(李陸史, 1904~1944)의 아우였는데, 그때 조선일보 기자로 있었다. 언제나 한복차림이던 그는 늘 자신이 양반 고장 안동 사람임을 자랑삼아 말했고, 그것을 날마다 들어온 사람들은 "여보, 그 양반 타령 좀 작작허우" 하며 싫은 소리를 하였다. 깔깔한 샌님 같던 그도 일단 술에 취하면 주사(酒邪)가 심해서 모두가 뺑소니쳤다.

함경도 출신의 시인이 편석촌(片石村) 김기림(金起林, 1908~?)은 백석보다 네 살이 많았는데, 그도 일찍부터 조선일보 기자로 있었다. 그는 『사슴』 시집이 출간되자마자 즉시 서평을 써줄 정도로 백석의 시를 좋아했다. 정현웅(鄭玄雄, 1911~1976)은 1931년 선전(鮮展)에서 작품 「여인상」이 특선으로 뽑힌 서양화가로서 당시 백석과 함께 『여성』지의 일을 보고 있었다. 그는 어느 잡지의 삽화로 백석의 프로필을 그리면서 그림 옆에다 다음과 같은 흥미로운 글을 썼다.

미스터 백석은 바로 내 오른쪽 옆에서 심각한 표정으로 사진을 오리기도 하고 와리스케도 하고 있다. 그래서 나는 밤낮 미스터 백석의 심각한 얼굴만 보게 된다. 미스터 백석은 서반아 사람도 같고 필리핀 사람도 같다. 미스터 백석에게 서반아(西班牙) 투우사의 옷을 입히면 꼭 어울릴 것이라고 생각한다.

한편 백석이 평소에 문학적 재능을 자주 칭찬하던 사람이 있었는데, 그는 아동문학가 강소천(姜小泉, 1915~1963)이다. 본명은 용률(龍律)로 함남 고원 태생인 그는 백석보다 불과 3년 아래였으나, 만학으로 백석에게 직접 문학을 배운 제자였다.

1939년 서울 명동 입구 미도파 백화점의 건너편에는 '제일다방'이 있었다. 이 다방은 당시 경성일보 학예부에 있던 일본인 기자 기쿠치(菊池)의 아내가 경영하던 곳으로, 이른바 재경(在京) 문인 예술가들의 아지트였다. 언제 어느 때건 가보면 낯익은 문인 몇몇은 꼭 눈에 띄었다. 공작새의 꽁지깃으로 장식한 세련된 실내 장식에다, 이름 있는 유화 여러 점도 운치 있게 걸려 있는, 꽤 분위기 있는 다방이었다. 한번은 그곳으로 오라는 전갈이 와서 가보니 백석은 함대훈, 백철 등과 함께 담소를 나누고 있었다. 그렇지 않아도 어정쩡하게 합석하게 되었는데 자리에 앉자마자 두 사람은 번갈아 나의 얼굴이 예쁘다느니 어떻다느니 말을 거듭하여 보는 앞에서 몹시 난처했던 기억이 난다. 그때 백석은 혼자 웃고만 있었다. 나중에 백석이 만주로 떠난 후에 길에서 허준, 정근양을 만난 적이 있는데 그들은 바로 내 앞에서 "김(金)은 어째 갈수록 예뻐져?" "백석이 장가를 두 번씩이나 들고도 곧장 도망 나온 까닭을 인제야 알겠구먼."이라고 큰 소리로 떠들었다. 그때 너무도 부끄러워서 얼굴이 불같이 화끈 달아올랐다.

1939년 유월 어느 아침이었다고 생각된다. 백석은 그날 충청도 진천으로 일주일 동안 출장을 다녀오겠노라고 했다. 나는 그 순간, 여자의 육감으로 그가 먼젓번처럼 필시 장가들러 가는 것이라고 짐작했다. 그는 약속한 일주일이 지나고, 보름이 넘어도 돌아오지 않았다. 그러나 나는 그가 이번에도 좀 늦긴 하겠지만 틀림없이 돌아오리라고 확신했다. 왜냐하면 자신의 마음에 달갑지 않은 것에 대한 그의 차디찬 성질, 그리고 나를 향한 열정을 무엇보다도 잘 알고 있었으니까. 그때 청진동 집에서 조선일보까지는 불과 얼마 되지 않는 거리였지만, 나는 찾아가기는커녕 전화도 걸지 않았다. 점차 매섭게 타오르는 내 가슴속의 독(毒)과, 또한 나의 자존심이 그것을 허락하지 않왔다. 이런 나의 성격을 백석은 어느 정도 알고 있었고, 또 몹시 초조하게 생각했을 것이다. 나는 그가 없는 빈방에 혼자 남아서 공허함을 크게 느꼈고, 내 가슴속의 공허감은 차츰 매몰찬 복수심으로 활활 불타오르기 시작했다. 그러나 그 매몰찬 복수라는 게 도대체 어떤 것인가. 기껏해야 연전에 내가 몰래 함흥을 빠져나오던 것처럼, 나는 그에게서 한동안 멀리 떠나 있고자 했던 것뿐이다. 가슴속에는 여전히 그를 사랑하는 마음이 가득한 채로…. 나는 웬만한 살림을 대충 챙겨서 명륜동 언덕으로 숨어버렸다. 지금의 성대 뒤쪽이었는데, 1930년대 후반 그곳 부근에는 앵두나무, 능금나무, 배나무 따위를 심어놓은 과수원이 많았고, 주택들도 드문드문 있는 변두리에 불과했다. 지난날 부통령을 지냈던 장면(張勉, 1899~1966) 박사의 집이 바로 길 건너편에 있었다.

어느 날의 석양 무렵이었는데, 집 뒤로 난 골목길에서 누가 "자야!" 하고 부르는 소리가 들렸다. 어찌된 일일까? 그는 내가 잠적한 이곳을 모를 텐데…(그가 어떻게 나의 거처를 찾아내었는지 나는 지금도 그것을 불가사의로 생각한다.), '자야'를 부를 수 있는 사람은 세상에서 오로지 백석뿐일 텐데…. 부르는 소리는 두 번, 세 번 거듭 들렸다. 나는 눈을 감고 잠시 망설이다가 '에라, 다음 일이 어찌 되었건 일단 나가놓고 보자' 하고 중얼거리며 황급히 나갔더니, 그가 석양을 등지고 몹시도 허탈하고 퀭한 얼굴로 서 있는 것이었다. 나는 가슴이 철렁했다.

이렇게 해서 우리는 두 달 만에 다시 만났다. 나는 그때까지도 무척 화가 나 있었지만 막상 얼굴을 보는 순간 다시금 만나게 된 것만으로도 좋아서 마음이 실꾸리에서 실이 저절로 풀리듯 스르르 풀려 버렸다.

그러나 나는 백석 시인의 부모가 못내 원망스러웠다. 게다가 예의 그 독한 성격은 불쑥불쑥 치밀었다. 그는 본시 마음이 여린 사람이었다. 이번에도 그는 족두리를 풀어 내린 지 며칠 되지도 않은 새색시를 내버려두고 집을 나온 것이다. 내가 알기로 백석이 사모관대하고 장가를 든 것은 두 번이다. 그러나 그는 그때마다 부모가 정해준 배필을 마다하고 나에게로 되돌아왔다.

1939년 동짓달이었을 것이다. 나는 중국의 북경, 소주(

蘇州), 항주(杭州), 상해 등지를 거쳐 한 달 만에야 돌아왔다. 떠날 때 나의 행선지를 백석에게 알리지 않았다. 다녀와서도 나는 그에게 여행 이야기를 한마디도 꺼내지 않았고, 그 또한 묻지 않았다. 하지만 그는 내가 알리지도 않고 중국을 다녀온 처사에 대해 상당히 화가 나 있는 것 같았다. 그래도 나는 여전히 앵돌아져서 속으로 '당신이 지금 저 때문에 화가 났기에 송구스럽지만, 당신도 제가 겪은 고통을 한 번쯤 겪어보셔야 해요'라고 생각했다. 우리는 날이 갈수록 그저 묵묵해지기만 했고, 서로의 일과를 화제로 떠올리지도 않았으며, 이런 우리 사이는 심상찮은 긴장으로 팽팽해졌다.

하루는 그가 메신저를 보내왔다. 왕십리역 대합실 구내 다방으로 나오라는 것이다. 그때의 왕십리는 보잘것없는 초가와 들판뿐인 시골이었는데, 동대문에서 전차를 타고 종점인 왕십리까지 가서 내리면 사방에서 거름 썩는 냄새가 물씬 풍겨왔다. 사람들의 눈을 피하려고 그 먼 변두리까지 나오라 했던 것 같다. 내가 자리에 앉자마자 그는 대뜸 자기와 함께 만주에 가지 않겠느냐고 했다. 사실 이러한 권유는 함흥에 살던 시절부터 심심찮게 들어오던 터라 조금도 놀라운 것은 아니었다. 그러나 그의 그날따라 표정이 무척 심각했기에 나는 몹시 당황했다. 나는 그때 확실한 대답을 하지 않았다.

그런 일이 있은 지 얼마 후에 그는 혼자서 만주 신경(新京)으로 훌쩍 떠나버렸다. 나에게 단 한마디의 말이나 쪽지, 혹은 그 어떤 기별도 남겨두지 않은 채…….

5. 돌이켜보면 그의 만주행은 함흥에서부터 계획해오던 것이었고, 또 그가 재차 서울로 와서 옛 직장에 다시 나가고 한 해 동안 머무른 것도 결국은 나 때문에, 내가 마음에 걸려서 그랬던 것 같다. 나 아니었으면, 그는 진작 함흥에서 만주로 곧장 떠나갔으리라. 그가 만주 땅으로 떠날 수밖에 없었던 또 다른 깊은 속뜻을 나처럼 얕은 여자의 소견으로 어찌 감히 짐작인들 했으리오만 그는 내가 자기 권유를 받아들이고 순순히 만주로 따라오리라고 여겼던 듯하다. 시「나와 나타샤와 흰 당나귀」에서 나는 이런 대목을 본다.

눈은 푹푹 나리고

나는 나타샤를 생각하고

나타샤가 아니 올 리 없다

언제 벌써 내 속에 고조곤히 와 이야기한다

산골로 가는 것은 세상한테 지는 것이 아니다

세상 같은 건 더러워 버리는 것이다

만약에 내가 그때 만주로 함께 갔더라면 어찌 되었을
까. 아마도 진작 그곳 생활이 지겨워진 나의 성화에 못 이
겨 우리는 틀림없이 서울로 돌아와 함께 살았을 것이다.
그를 만주에서 온갖 고생을 하도록 하고, 생활고에 시달
리게 한 사람도 나였고, 국토가 둘로 쪼개어져 그를 다시
는 북에서 서울로 돌아올 수 없게 만든 것도 모두 내가 미
욱했던 탓이다.

만주 신경 시절 백석과 같은 집에서 살았다는 작가 송
지영(宋志英) 씨의 술회로는 백석이 당시에는 고향의 부
모에게 매달 약간의 돈을 보낼 수 있을 정도로 수입이 괜

찰았다고 한다. 그 무렵 항상 검정 두루마기를 입고 다녔는데, 송씨가 "그 옷, 서울의 김이 보냈구려." 하고 농을 걸면, 백석은 갑자기 침울해지면서 쓸쓸한 표정이 되었다고 한다. 한편 그 이후 백석은 실직하여 만주의 이곳저곳을 전전하며 몹시도 고달픈 생활을 하게 되었던 것으로 보인다. 그가 이렇게도 모진 고생을 했었다는 생각을 하면 갑자기 가슴이 사무치고 칼로 도려내는 듯하다. 그 시절 만주의 쓸쓸한 하숙방에서 쓴 것으로 보이는 그의 시 「흰 바람벽이 있어」를 통해 나는 필시 내 모습으로 짐작되는 부분을 발견하고 소스라치게 놀랐다.

이때가 해방 직전이었고, 이루 말할 수 없는 생활의 외로움과 고달픔은 그의 마지막 시인 「남신의주 유동 박시봉방」에 낱낱이 그렁그렁 박혀 있다. 깊은 밤에 그의 전집을 끌어안고 이 시 작품을 혼자 읽어가노라면 목이 메고 주체할 길 없이 솟구쳐오는 뜨거운 눈물을 참지 못했다. 이 시에서 그의 맑고 고결한 정신은 이미 세속을 확연히 떠나 있는 듯하다. '낮이나 밤이나 나는 나 혼자도 너무 많은 것같이 생각하며…'라든가 '내 뜻이며 힘으로, 나를 이끌어 가는 것이 힘든 일인 것을 생각하고…'라는 대목에 이르러서는 흡사 그가 눈앞에 당장 되살아온 듯한 환상에 사로잡힌다. 이 말 속에는 평소의 그의 성품, 현실에 임하던 그의 모습 같은 것이 그대로 생생하게 무르녹아 있다.

그와 헤어지고 어느덧 반세기도 넘는 세월이 흘렀다. 시간이란 게 도무지 실감나지 않는다. 내가 이날 이때까지 온갖 곡절을 겪으며 살아온 것도 헤아려보면 모두가 백석에 대한 연민 때문이었고, 또 그를 향한 반발심이 물 끓듯 끓어 넘친 탓이 아닌가 한다. 그때 내가 그를 따라 만주로 가지 않았기에 그는 비운(悲運)의 인물이 되었고, 나 또한 서럽게 살아왔다. 어찌 모든 것을 이대로 마감해 버릴 수 있단 말인가.

나는 지금도 젊은 시절의 백석을 꿈에서 자주 만난다. 그는 나의 방문을 열고 나가면서 아주 천연덕스럽게 '마누라! 나 나 잠깐 나갔다 오리다' 하고 말한다. 한참 뒤에 그는 다시 들어오면서 '여보! 종일 당신이 그리워서 나 바로 돌아왔소!'라고 말한다. 어떻게 이럴 수가 있는가. 세월이 반백 년이나 흘러갔는데도… 내 나이 어언 일흔셋,

홍안은 사라지고 머리는 파뿌리가 되었지만, 지난날 백석과 함께 살던 그 시절의 순정한 추억은 아직도 내 생애의 전부라 해도 과언이 아니다. 그만큼 우리들의 마음은 추호도 이해로 얽혀 있지 않았고, 오직 순수 그것이었다. 그와 헤어진 뒤의 텅 빈 세월을 살아오면서 나는 차츰 말이 어눌해지고, 내 가슴속의 찰랑찰랑한 그리움들은 남이 아무리 쏟으려 해도 결코 쏟아지지 않던 요지부동의 물병과도 같았다. 그러나 뜻밖에도 그의 시 전집이 발간되었다는 소식은 이날까지 수십 년 동안 고였던 서러움이 그 물병에서 저절로 콸콸 쏟아져 나오게 했다.

사실 10여 년 전부터 나는 그의 시 전집을 내 손으로 엮어보려고 틈날 때마다 흑석동에 살던 문학평론가 백철 선생과 의논해 왔다. 그 무렵, 백철은 어느 신문 칼럼에서 백석 시인을 '한국시사에서 소월 다음가는 귀재'라고 표현하기도 했다. 하지만 백 선생은 그 후 뜻밖의 병을 얻어 나의 포부를 전혀 도와주지도 못하고 타계했다. 이제 그토록 바라던 전집이 세상에 나왔으니 나에게 무슨 여한이 더 있겠는가.

6. 이제 이 글도 끝마무리에 이르렀고 필자가 '자야' 여사의 삶에 관한 짤막한 여담을 언급할 차례가 되었다. 그녀는 1916년 병진생으로 서울에서 태어났다. 그녀는 열일곱살 때 여창명인 김수정(金水晶)의 안내를 받아, 조선권번 정악전습소(正樂傳習所) 학감(學監)을 지낸 금하 하규일 선생의 넷째 양녀가 되어 이후 3년간 그 문하에서 가무를 배웠다.

국악사로서 진안군수까지 지냈던 하 선생은 일찍이 가곡의 천재 박효관(朴孝寬, 1800~1880)을 사사(師事)하여 일가를 이룬, 구한말의 남창 명인으로 그때 이미 일흔이 훨씬 넘은 노인이었다. 그녀는 하 선생으로부터 여창가곡에 남보다 뛰어나다는 인정을 받아 수창(首唱, 여창가곡을 부를 때 첫 곡을 혼자 부르는 것을 말한다. 두 번째 곡을 혼자 부르는 것을 아창[亞唱]이라고 한다)을 불렀고, 춤에도 소질이 두드러져 '무산향(舞山香)', '검무(劍舞)' 따위의 정재(呈才)는 물론, 특히 '춘앵전'[春鶯囀, 궁중의 마당에 화문석을 깔고, 한 사람의 무기(舞妓)가 그 위에서

'유초신지곡(柳初新之曲)'에 맞추어 돗자리 밖으로 나가지 않고 추는 매우 아름다운 독무의 이름]는 그녀를 능가할 사람이 없었다.

하규일 선생은 그녀에게 "명창이 열 명 나더라도 명무(名舞)는 하나가 어려워"란 말을 자주 했다고 한다. 그녀는 수업이 끝난 뒤 오랫동안 국악을 중단하였다가 20여 년이 흐른 뒤인 마흔에 이르러 비로소 가곡의 진의를 깨달아 김수정과 더불어 몇 년간 여창을 불렀다. 김수정이 세상을 떠난 뒤에는 이난향(李蘭香)과 수년간 여창을 불러 근 10년 이상 여창가곡에 대한 공부를 다시 계속하여 오늘에 이르렀다. 가곡은 남창과 여창으로 부르는 성악곡으로서, 고려시대의 '진작(眞勺)'에서 유래된 노래인데 조선시대를 거쳐 대원군 집정기에 이르러 현재의 26곡 형식으로 정착되었다. 현행 가곡은 우조(羽調) 11곡, 계면조(界面調) 13곡, 반우반계면조(半羽半界面調) 2곡이며 대금, 세피리, 해금, 단소, 양금, 가야금, 거문고, 장구의 세악편성으로 반주한다.

지금도 자야 여사는 가슴속 깊은 곳에서 불현듯 슬픔

이나 한 같은 것이 솟구칠 때, 한국 정악 중에서 '여창계면 편수대엽(編數大葉) 모시 편'을 그윽이 짚어간다. 옛 엄정한 법도 그대로 한쪽 무릎을 곤추세우고 똑바로 앉아 두 손을 그 위에 포개어 얹는다. 고개는 다소곳이, 눈을 반쯤 내리떠서 한 지점에다 꽂은 듯이 멈추어놓고, 맑고도 고요한 음색으로 가곡을 불러간다. 외로운 한 마리 학은 창공에 올라 끼룩끼룩 울고, 장구 소리는 슬픔과 한데 어우러져 저절로 반주가 된다. '떵 더러러쿵 딱 기덕 쿵더떵 더러러 쿵 더…'

모시를 이리저리 삼아 두루 삼아 감삼다가 가다가 한가운데 똑 끊쳐지옵거든

호치단순으로 홈빨며 감빨아 섬섬옥수로 두 끝 마조 잡아 배뷔쳐 이으리라 저 모시를

우리도 사랑 끊쳐갈 제 저 모시같이 이으리라

이제는 모든 것이 저 흘러가 버린 물결 속으로 사라졌다. 자야 여사의 가슴속에 아직도 고스란히 남아 있는, 백

석 시인을 생각하는 저 깊은 한도 차츰 앙금이 되어 가라앉는다. 그러나 한 인간에게 지난 시절의 추억을 다시금 되새기는 것이란 얼마나 가슴 쓰리고도 아름다운 일인가. 필자는 여사의 댁을 나오며, 문득 그녀의 안방 벽 액자 속에 박제되어 들어 있던 한 마리 청람색 나비의 고운 나래를 떠올렸다. 무수히 많은, 자그마한 나비들에 의해 둘러싸인 그 커다란 나비는 맑은 유리판 밑에서 파란 나래를 활짝 펴고 곧 창공을 날아갈 듯 파닥거리는 것이었다. 그러나 그의 몸은 지금 유리 액자 속에 갇혀 있는 걸 어찌하리.

이루지 못한 꿈은 팔랑팔랑 날아올라 저 들판 등성이 너머로 건너간다. 지금 생사조차 알 길 없는 그의 님을 찾아서….

백석문학상 제정

사실 자야 여사는 나를 만난 직후부터 자신이 백석 시인을 위해서 무얼 하면 좋을지 알려달라고 자주 물었다. 백석 시인을 북에서 고통을 겪게 하고 세상을 떠나게 한 것이 모두 자기 탓이라고 했다. 일제 말 만주를 함께 가자고 했을 때 그 제의를 뿌리치고 달아난 것이 지금까지도 무척 송구하다고 말했다. 심지어 자신이 미국에서 지내던 시절에는 어떻게 하면 북한에 재미동포로 위장 잠입이라도 해서 백석 시인을 찾아볼 생각까지 했다고 한다. 이뿐만 아니라 만약 백석 시인의 유족과 연결된다면 그들에게 경제적으로 많은 도움을 주고 싶다는 말까지 했다. 그토록 죄스러운 마음이 지금까지도 여전하다는 뜻이다.

나는 자야 여사의 요청을 받고 일단 구체적 방안을 모색해보자고 했다. 그런 다음, 며칠 후 내가 궁리한 결과를 전했다. 그것은 다음과 첫째는 백석 시인의 이름으로 된 문학상을 제정하는 방법이었고, 둘째는 백석 시인의 여러 사진과 작품, 시집, 편지, 관련도서와 논문 등 여러 자료를 전시하는 백석문학관을 건립하는 방법이었으며, 셋째는 경력과 학식을 갖춘 학자, 비평가를 모아서 백석학회, 혹은 백석학연구회 등을 출범시켜 그에 대한 지원하는 방안 등이었다. 이 방법들을 메모해서 넘겨주었다. 자야 여사는 나의 메모를 받고 몹시 기뻐하며 나름대로 많이 궁리했던 것 같다. 이 가운데서 백석문학상만큼은 빠른 시일 안에 성사시키자고 제의했다. 이 논의가 시작된 시기는 1990년대 초반이다. 그로부터 세월이 조금 흘러서 1997년에야 비로소 백석문학상이 본격적으로 제정되었다. 내가 백석문학상의 주관사로 창작과비평을 지명한 것도 그곳이 『백석시전집』을 발간한 출판사였기 때문에 그것을 당연하게 여겼기 때문이다.

　어느 날 서울의 자야 여사 댁을 방문했는데 그녀는 대

뜸 자신의 안방으로 잠시 들어가자고 했다. 나는 영문도 모르고 뒤따라 들어갔다. 그런데 자리에 앉자마자 그녀는 핸드백 속에서 웬 봉투를 꺼내었다. 거기서 꺼낸 두 장의 자기앞수표를 내 얼굴 앞에 대고 마구 흔들었다.

"이게 뭡니까?"

"보면 몰라? 수표지. 2억이야. 월급쟁이 샌님이 공부만 하느라 이런 거액의 수표를 한 번이라도 봤는지 모르겠네."

나는 한순간 심한 모욕과 분노에 휩싸였다. 대체 무슨 뜻으로 수표를 갑자기 내 얼굴 앞에 대고 흔드는 것일까. 판단력과 분별력이 뛰어나던 그녀가 적어도 그때만큼은 제 정신을 심하게 잃은 듯했다. 이런 몰염치하고 무례한 짓이 어디 있단 말인가. 사실 그 시절에 자야 여사는 때때로 두통과 고열로 앓아 누워서 병원에 입원하곤 했다. 그 무렵부터 약간의 정신적 혼돈과 치매 증상을 조금씩 보였던 듯하다. 자신이 준비한 문학상의 기금을 전하려면 그 해당 기관의 관련 인물들을 불러서 직접 전달하면 될 터인데 왜 하필 내 얼굴 앞에 수표를 무슨 시위하듯 흔들었던가. 그 까닭이 무엇인가. 대체 나를 어떻게 생각하고 그런 짓을 했단 말인가. 나는 그날 자야 여사에게 당한 엄청난 오욕(汚辱)을 혼자서 삭이고 참아내는 게 참으로 힘들었다. 이제 앞으로는 그녀와의 만남의 횟수를 차츰 줄여가야겠다는 생각도 했다.

"이건 내가 백석문학상 기금으로 준비한 거야."

자야 여사는 내게 창작과비평사의 관계자들이 진작부터 자기에게 직접 찾아오도록 즉시 연락하라고 일렀는데, 그들은 내가 진작부터 연결해 주고자 했던 사람들이었다. 나는 그 자리에서 창비의 이시영 부주간에게 전화를 걸었다.

"내가 직접 전해줄 거야."

나는 집으로 돌아온 후 책상 앞에 앉아서 편지를 썼다. 그저께 내 얼굴 앞에 대고 수표를 깃발처럼 흔들어댄 그 이해할 수 없는 행위에 대해 강하게 항의하는 불쾌감을 가감 없이 전했다. 자야 여사는 나의 편지를 받고 끝내 답장을 보내오지 않았다. 오히려 자신의 행동에 대해서는 전혀 반성하지 않고 나에 대한 서운한 마음만 더 크게 품었던 것으로 보인다. 그때부터 자야 여사와는 점점 심정적 거리가 생겼고, 방문 횟수도 현저히 줄었다. 이후 한두 차례의 만나긴 했지만 이미 예전 같은 따스함이 생겨나지 않았다. 지금 생각해도 도무지 납득할 수 없는 망측하고 해괴한 일이다. 바로 그다음 날 창비 관계자들이 자야 여사의 거처를 방문했을 때 그녀는 나에 대한 노여움을 그들에게 토로했던 것으로 보인다. 그리곤 앞으로 백석문학상과 관련된 어떤 것들, 이를테면 수상자 선정, 운영위원 위촉, 심사 활동 따위에서 나를 철저히 배제할 것을 요청했다고 누군가가 들려주었다. 자야 여사는 자신을 도와준 은혜를 배신과 원수로 갚은 꼴이 되고 말았다. 정상적 사고력과 분별력을 현저히 상실한 그녀의 이런 처신을 지켜보는 일은 거의 고문에 가까웠다.

그 얼마 뒤에 나는 또 다른 참담한 광경을 보게 되었다. 어떤 일로 자야 여사의 아파트를 방문하게 되었는데 누군가를 큰 소리로 꾸중하는 소리가 들렸다. 분위기가 심상치 않아서 안방 문 앞에 다가가 귀를 기울이고 그 자초지종을 들었다.

그녀는 평생토록 함께 살아온 늙은 찬모를 심하게 닦
달하고 있었다.

"네가 내 지갑의 돈을 훔쳐갔지? 바른대로 말해."

나이가 거의 비슷한 늙은 찬모는 안절부절못했다.

"제가 그 지갑에 왜 손을 대겠어요? 어제 시장에 가서 물
건 사오라고 돈을 꺼내주셨잖아요?"

그래도 자야 여사는 자신의 잘못을 인정하지 않고 분노
한 목소리를 가라앉힐 줄 몰랐다. 나는 말할 수 없는 불쾌
감을 느꼈다. 내 얼굴에 대고 수표를 흔들던 행동과 그날
의 광경이 즉각 떠올랐다. 나는 나도 모르게 슬그머니 그
곳을 빠져나오고 말았다. 그런 일을 겪은 뒤로 나는 자야
여사의 댁을 전혀 찾지 않았다. 아예 발길을 끊은 것이다.
줄곧 가깝게 지내 온 나까지도 앞으로 무슨 의심을 살지,
어떤 봉욕을 겪게 될 것인지 전혀 예측할 수 없었다. 이럴
때 아예 대면하지 않는 것이 상책이다.

하지만 그 며칠 뒤에 자야 여사는 또 아무런 일도 없었
던 것처럼 전화를 걸어와서 말했다.

"왜 요즘은 전화도 없고 오지도 않수?"

"나한테 무슨 서운한 일이라도 있나요?"

나는 이 말에 무슨 응답을 어떻게 해야 할지 참담한 느낌이 들었다.

아무튼 그런 사연 속에서 나는 자야 여사의 뜻을 창작과비평사에 전했고, 창비사에서는 백낙청, 최원식, 이시영 등의 관련 인사들이 내 전화를 받은 바로 그다음 날 서둘러 동부이촌동 자야 여사의 댁을 방문했다. 그리곤 문학상의 기금을 받아서 돌아갔다. 1997년 10월 20일에 백석문학기념사업운영위원회란 이름의 조직이 발족되고, 위원장은 백낙청, 운영위원으로 최원식, 이시영, 정형모, 이정재 등으로 발표되었다. 첫 수상자는 1999년에 선정했다. 초기에는 상금의 규모가 1,000만 원이었으나 이후 2,000만 원으로 올랐다. 2023년까지 25회 수상자를 뽑아서 시상했다. 이 상을 받은 시인들은 황지우, 이상국, 최영철, 김영무, 신대철, 박영근, 이시영, 정양, 고형렬, 김정환, 김해자, 안도현, 박철, 도종환, 최정례, 엄원태, 전동균, 백무산, 장철문, 신용목, 박성우, 나희덕, 황규관, 안상학, 진은영, 송진권 등이다.

내가 백석문학상에 대한 제의 내용을 자야 여사에게 가장 먼저 전달해서 결국 그 문학상이 성사되었으니 그 문학상은 내가 만든 것과 다름이 없다. 하지만 내 이름은 운영위원 명단에 들어가지도 못했다. 자야는 자신의 재정 관리인을 운영위원으로 집어넣었다. 문학상 관리를 철저히 살펴보라는 의도였을 것이다. 하여간 그런 일을 겪은 뒤로 이날까지 나는 백석문학상과는 전혀 무관한 존재가 되었다. 문학상을 최초로 발의하고 제정하는 일에 참여하고도 결국 제척 당했으니 어찌 서운하고 불쾌한 마음이 없었을 것인가. 결국 내가 백석문학상을 만들어놓고서도 그 문학상과는 인연이 끊어지고 말았다. 세속의 인연이란 것은 이렇게 우연히 맺어지기도 하지만 어처구니없이 깨어지기도 하는 것이다. 문제의 발단은 백석문학상 수표 사건이다. 그 불쾌한 사건이 계기가 되어서 나는 자야 여사와의 인연을 스스로 과감하게 정리하게 되었다. 그것은 어떤 면에서 오히려 다행스러운 일이기도 했다. 공연히 재산가 옆에 어정쩡한 상태로 오래도록 머물러 있었다면 세간에 어떤 의혹을 사게 될지 예측할 수 없었을 것이다.

자야 여사는 평소 건강하던 시절에 자신의 만년 생활과 정리에 관한 이야기를 나에게 자주 들려주면서 솔직한 내 뜻을 듣기를 원했다. 요정 대원각만 하더라도 개인으로서 그것을 소유하고 유지해 나가는 데 세금도 너무 많았고 경제적 부담이 엄청나게 커서 언젠가는 어떤 방식으로든 명쾌하게 정리하고 싶어 했다. 자신이 그 부동산을 과연 어떻게 하면 좋을지 나에게 물었다. 그럴 때마다 나는 "한 사람의 훌륭한 기부가 일만 사람의 고통받는 사람에게 도움이 되는 방법이 가장 좋겠지요. 자비로운 구원(救援)의 공덕을 쌓으세요."라고 말했다.

하지만 자야 여사는 내 말에 단호히 고개를 저었다. 자기는 고아원이나 양로원 따위의 구휼(救恤)에는 뜻이 없다고 말했다. 그러한 방법이 너무 상투적이고 번잡할 뿐만 아니라 성가신 일이 많아서 싫다고 말했다. 하지만 서초동 법원 앞의 빌딩을 카이스트에 기부하려는데 귀하의 뜻이 어떤지 들려달라고 했을 때 거기에 대해서 나는 참으로 훌륭한 결정을 하셨다며 박수로 격려해드렸다.

나중에 대원각 전체 부동산을 법정 스님에게 기부하겠다는 의사를 밝혔을 때 나는 그 뜻을 재고해 보라며 만류했다. 하지만 그때 이미 자야 여사의 복안에는 그곳을 불교계에 기부하고 사찰로 만들어서 자신이 살아온 욕된 삶과 영혼을 정화해 보겠노라는 마음을 품고 있었다. 심지어 대원각을 사찰로 조성해서 발족되면 자신의 사후에, 남루한 육신을 소각한 후 유골을 화장해서 첫 눈 오는 날 그 대원각 뒤편의 소나무 위에다 뿌려달라는 유언을 남길 것이라는 말까지 나에게 들려주었다. 그런 말을 하는 자야 여사의 모습은 마치 철부지 소녀처럼 보였다. 그것은 철저히 한 로맨티스트의 이기적이고도 감상주의적인 발상이었다. 또한 자기가 애지중지하며 갈무리해오던 재산에 대한 미련이었고, 죽은 뒤에라도 그곳에 남아 머물고 싶다는 집착의 발로였다. 결국 자야 여사는 세상을 떠난 뒤 자신의 유언대로 대원각이 사찰 길상사로 바뀐 그곳의 뒤편 솔밭에 유골이 뿌려졌다. 길상사 경내에는 자야 여사의 법명인 길상화 보살의 영정이 안치된 영정각(影幀閣)이 세워졌다. 여러 해 전 지인과 함께 길상사를 들렀을 때 그 영정각 앞을 지나는데 얼핏 자야 여사의 영정이 보였다. 그때 내 마음속에는 온갖 상념이 들끓었고, 그야말로 만감이 교차했다. 하지만 들어가서 참배하고 싶은 마음이 끝내 들지 않았다.

자야 여사가 보내온 여러 편지

1990년대 후반부터 자야 여사와 몹시 친밀한 사이가 되었다. 어떤 끈끈한 육친이나 혈연의 느낌이 들 정도로 정분을 나누며 서로의 안부를 물었다. 틈만 나며 전화해서 근황을 물으며 어서 보고 싶으니 속히 서울로 올라오라고 재촉했다. 그렇게 만날 수 없을 때는 편지를 써서 보내왔다. 자야 여사는 편지를 쓸 때 편지지를 세로로 눕혀서 종서(縱書)로 길게 만지장서를 써내려간다. 비뚤비뚤한 글씨지만 필법에 매우 숙달된 달필에 가까웠다. 흘림체의 그 필체가 처음엔 판독하기가 어려운 대목도 더러 있었지만 곧 전문에 익숙해져서 쉽게 읽어내었다.

그냥 안부 편지만 나누기가 심심해서 언제부터인가 백

석 시인과 함께 지내던 시절의 여러 추억을 생각나는 대로 정리해서 보내달라고 했다. 처음엔 주저하다가 한번 실마리가 풀리니까 옛 추억을 하나둘씩 재생해서 보내왔다. 내가 그런 요청을 하게 된 것은 어떤 계획이 있었기 때문이다. 무엇이냐 하면 소중하고 보배로운 그 추억들을 이야기로 듣고 나면 남는 것이 아무 것도 없었다. 한참 뒤에 생각하면 제대로 기억이 나지 않았다. 그래서 필서(筆書)로 적서 보내달라고 했는데 이렇게 받은 편지가 30여 통은 족히 될 것이다.

자야 여사가 보내온 편지는 여기저기서 툭툭 적지 않게 튀어나온다. 돌이켜 보니 꽤 많은 편지를 주고받았다. 백석 시인에게 쏟아놓고 싶은 가슴속의 말을 나에게 다 쏟아놓은 듯하다. 그 편지글을 다시 정리해서 발간한 책이 자야 여사의 이름으로 발간한 회고록 『내 사랑 백석』이다. 그 책에 대한 독자들의 호응이 꾸준해서 중쇄를 여러 차례 찍었다. 자야 여사의 편지는 언제 읽어도 따뜻하고 다정한 정이 넘친다. 마치 연서(戀書) 같은 느낌마저 든다.

그 가운데 몇 가지를 소개한다.

백석 시인이 함흥 영생고보 영어교사를 할 때 함흥권번 소속의 기생 진향과 인연을 맺어 눈이 펄펄 내리는 북방의 겨울밤, 서로의 하숙집까지 바래다주며 밤샐 정도로 두 사람은 뜨거운 사랑을 했다. 따로 떨어진 것이 너무 고통이라 둘은 곧바로 동거생활을 시작했다. 1930년대 후반 함흥에서의 20대 청춘의 불타는 사랑은 당돌하고 급진적이며 물불을 가리지 않았다. 청년 시인 백석은 애인에게 팔베개하고 누워서 일본 시집을 잔잔히 낭송해주었다. 그 다정한 소리를 들으며 님의 품에서 잠이 들었다. 백석은 애인에게 '자야'란 애칭을 썼다. 자야는 중국 당나라 때 변방으로 수자리 살러간 낭군을 기다리는 새댁의 이름으로 이백의 시 작품 '자야오가(子夜吳歌)'에 등장한다. 그 자야는 영원히 낭군을 만나지 못한다. 왜냐하면 전투에서 죽었기 때문이다.

백석 시인은 아마도 이런 운명적 슬픔을 예감한 것 같았다. 어찌 이렇듯 애절한 이름을 붙였을까. 두 사람은 이렇게 함흥과 서울에서 3년 동안 함께 살면서 뜨거운 사랑을 나누었다. 온갖 우여곡절 끝에 두 사람은 헤어진다. 시인은 만주로 자야는 서울에 따로 떨어져 지내다가 분단의 철벽이 가로놓였다. 자야는 평생 그 시절을 잊지 못한다. 깊은 밤 남루한 옷차림의 백석 시인이 방문을 열고 들어오는 환상을 보기도 한다. 나는 자야 여사에게 이런 장강대하 같은 이야기를 마치 시인을 직접 만나 하소연하듯 그때마다 적어서 보내달라고 했다.

완전히 1930년대식 여성의 전형적 필체로 달필이며, 곡진한 내방가사를 읽는 느낌이 들었다. 모든 문장이 실타래처럼 연결형으로 길게 이어지는 이 편지를 받으면 바로 컴퓨터에 옮겨 이야기를 시간적 순서에 따라 배열하고 다시 문장을 현대 어법으로 다듬어 한 권의 책을 발간했다. 그것이 바로 『내 사랑 백석』(문학동네)이다. 괄호 안의 문장은 내가 다듬은 부분이다. 자야 여사는 그 책을 내고 몹시 기뻐하고 감격스러워하였다. 쉽게 읽어내기 어려운 자야 여사의 편지를 많이 읽었기에 나는 자야체(子夜體)를 판독하는 전문가가 되었다. 이젠 백석 시인도 연인 자야도 모두 이 세상 사람이 아니다. 두 사람은 천국에서 다시 만나 못 다한 옛사랑을 새로 이어가고 있을까. 두 젊은이의 도란도란 사랑을 속삭이는 소리가 가까이서 들리는 듯하다.

늙으면 대체로 잠이 없다. 낮이 밤이고 밤이 낮일 때가 많다. 깨어 있는 것인지 잠이 든 것인지 분간이 안 되고 그저 비몽사몽 속에서 현실과 비현실의 세계를 왕래한다. 말년의 자야 여사가 그런 삶을 살았다. 새벽 시간에 혼자 화투로 놀다가 기척이 느껴져 보면 백석 시인이 들어온다. 머리는 봉두난발, 옷매무새는 추레하고 오래 굶었는지 몹시 수척하다. 백석 시인은 방 윗목에 서서 물끄러미 바라본다. 너무 놀라 말도 하지 못하고 엉거주춤 허공에 빈손만 내젓는데 시인은 말없이 서 있다가 떠나간다. 옛 애인은 이렇게 수시로 나타났다가 사라진다. 얼마나 가슴에 사무친 게 많았으면 그를 온전히 떠나보내지 못하고 수십 년을 흉중에 지닌 채 틈만 나면 꺼내어 옛 생각에 잠기는 것일까. 대개 남녀의 사랑이란 불같이 뜨겁다가도 한 번 등을 돌리면 차디차고 싸늘하기가 얼음 같은데 어찌하여 흘러간 20대 청춘 시절의 아득한 사랑을 일평생

품었다가 못내 그 사연에 시달리는 걸까.

무서워라 순정의 거룩함이여. 놀라워라 추억의 고귀함
이여. 그 두 사람의 로맨스 기록을 이끌어 내고자 나는 무
진 노력했다. 처음엔 주저하고 외면하던 분이 나중에는
아주 적극적 자세로 옛 기억을 남김없이 되살려내었다.
질풍노도 같이 쏟아내는 두 사람의 사랑의 추억. 마치 숨
바꼭질 같기도 하고 술래잡기 놀이와도 같았다. 왜 남녀
간의 사랑은 이렇게 돼지 발굽처럼 서로 어긋나기만 하는
걸까. 자야 여사의 회고록 작업은 이런 열풍 속에서 하나
둘 그 실체를 드러냈지만 이젠 그 사연들도 고담과 설화
가 되어 세월 속에 아련히 묻혀간다. 이 편지는 내가 시집
『꿈에 오신 그대』 1, 2부에 자야 여사의 비몽사몽을 틈틈
이 넣어서 발간한 직후 자야 여사가 그 시집을 받고 반가
움으로 써 보낸 답장이다. 나를 늘 '작은 백석'이라 불러주
던 그 목소리와 웃음소리가 그립다.

하지만 백석 시인을 그토록 사랑했다는 말을 되풀이하
면서도 백석문학관조차 하나 건립하지 못한 처사가 못내
아쉽고 서운하다. 그런 재력이 있었음에도 모두 다른 곳

에 기증하고 말았으니 덧없다. 그녀에겐 단지 옛 추억만 소중했고 감각이나 분별력은 그것을 따르지 못한 것이다.

i) 자야 여사의 편지 1

regret(후회)

커다란 부인 방에 왜소한 몸(이) 없는 듯이 누워서 모든 세상사(를 아주) 멀리 잊은 듯(하다.) 통 속(에 갇힌 것) 같이 부인 가슴(속을) 적적히 지나쳐(간다.) 적막감에 지루하야(해져서) 몸을 틀어 뒤채고 목침을 돋우고 나니 이십대의 수줍던 시절, 그 많은 사연으로 얽힌 모습이 환상처럼 비치어서 나는 깜짝 (놀란다.) (문득) 꿈을 깨고 (보니) 청춘이 회생(回生)된 듯 난데없는 생동감에 몸을 다시 뒤쳐서 반듯이 바로 누워 손을 허리에 받치고 눈만 깜빡이는데(깜빡인다.) 도저한 추억이 분명 꿈속에서 내 청춘이 아니고(아닌 것처럼) 꿈을 깬(깨고 만다.) 흐뭇한(하고) 생생한 흥분된 추억!(으로 내 가슴속은 흥분이 된다.) 만리(萬里) 원정(遠征) 가신 님 기다리듯 기다려지는 마음(내 마음은 기다려진다.) 했던 말 다시 하기를 만리성(萬里城)을 쌓아 올릴 만큼 차곡차곡 다지던 백년가약(百年佳約). 그 무엇인가 (자꾸만) 부족해서(하고) 불안해서 고통과 절망에서(으로) 울던 내 가녀린 생명. 그 아니면 이 생명 구할 이 없을 것만 같아 흐느끼는(던) 한 많은 어린 영(靈)이여! '강산이 살아서는 이별이 없는(을) 나의 마누라!' 라고 그렇게도 (다짐)하시던 중천금(重千金)의 말씀을 어느 세상에서 몇 번이고 다시 태어난들 (내가 당신을) 잊고 아니 찾아뵈오리까.

1988년 4월 14일

자야(子夜) 서(書)

ii) 자야 여사의 편지 2

보내주신 글월 반갑고 고맙습니다. 편지마다 자야(子夜)로 불러주시니 함흥에서 편지를 받는 것만 같고 평양에서 온 편지인가 새삼스러운 착각을 일으켜 서먹해지는 구료. 무슨 인연으로 늙마에 그 어여쁜 이름을 들으니 참으로 세상사(世上事)는 예측이 불허이니 그 이름을 지어준 본인이 뛰어올지 달려갈지 그날이 올지 자야(子夜) 원래 본인의 심정으로 돌아가는 것 같습니다. 심신이 피로하신데 멀리 이곳까지 생각해주시니 그 고마운 마음을 표현할 길이 없습니다.

무엇보다도 학위논문이 최상급이라니 믿었던 바요, 바라던 축복입니다. 보내주신 책들을 곰곰이 읽으면서 과연 젊은 분으로서 많은 공부를 했음이 틀림없다는 생각이 들었지만 워낙 얕은 수준의 지식으로 어찌 감히 평을 할 수 있겠습니까. 참으로 무서웠습니다.

수연(雖然)이나 과로에 파리해진 모습을 보니 책에서 곰팡이 내음이라도 나는 듯 책을 멀리하고 휴양이라도 가는 것이 어떨까 할 만큼 적이 불안했습니다. 좀 회복되었다 하니 선뜻 보고 싶구료. '가요무대'를 읽고 그 무대를 본 사람은 모두가 똑같은 심정이었을 것입니다. 그날 저녁 전화를 걸까 했으나 남의 모습이자 제 모습도 마주 비치는 듯하여 몹시도 서러워서 울다 말았답니다. 지금도 전화를 걸고 싶은데 눈물이 고여서 이 난필을 사양 없이 쓰는 것입니다.

다음 음력 팔일은 부처님 탄신일에 연휴이니 아기 엄마와 아기를 데리고 다니러 오시라고 전화하려 했는데 큰 차질이 없으면 오시기를 기다리겠습니다. 아기 엄마와 아기들에게도 안부 전하시고 부디 몸 건강하시기 바랍니다.

1988년 5월 12일

자야(子夜) 서(書)

추신: 자신이 자야(子夜)라고 쓰는 이 심정도 살펴보시압.

iii) 자야 여사의 편지 3

1987년 늦가을,『백석시전집』(창비)이 발간된 직후 책

138

을 보고 감격해서 나에게 불쑥 전화를 걸어온 자야 여사의 용기는 대단했다. 그렇게 만난 인연으로 이후 십여 년가량 서로 왕래하는 정분이 생겼다. 자야 여사는 나를 마치 백석 시인 대하듯 밥숟가락 위에 반찬도 올려주고, 자는 방바닥이 차갑지는 않냐며 이부자리 밑에 손을 넣어 쓸어보기도 했다. 서울 용산구 동부이촌동, 여사가 살던 빌라맨션 거실 소파에 마주 앉아 백석 시인과 지내던 함흥 시절, 혹은 서울 청진동 시절의 흥미진진한 이야기들이 그냥 한 번 듣고 흘려보내기엔 너무 아깝고 소중하고 살뜰했다. 그래서 깊은 밤, 생각과 번민으로 잠을 이루지 못할 때 백석 시인에게 하고 싶은 말을 글로 써서 나에게 편지로 보내달라고 권했다.

그게 발단이 되어 자야 여사는 백석 시인에게 드리는 투정과 하소연, 그간 하고 싶었던 가슴속에 쌓인 말을 하루가 멀다 하고 편지지에 쏟아서 보내왔다. 일제 말 백석 시인이 만주를 함께 가자며 줄곧 따라다니며 보채듯 채근할 때 그게 싫어서 숨바꼭질하듯 꼭꼭 숨어 다니다가 자꾸만 숨은 곳을 찾아내는 게 또 싫어서 마침내 중국 상하이로 도피성 외유를 떠나버린 그런 미안하고 가슴 아픈 추억담이 만지장서(滿紙長書)로 빼곡히 적혀 있는 것이었다. 자야 여사 글의 문체는 전형적 1930년대 스타일이었고 세로쓰기로 한글 부호도 없었으며, 띄어쓰기나 문장의 매듭도 제대로 되어 있지 않았다. 또한, 요즘 스타일의 정서법 규칙도 아예 무시하는 내방가사 투의 만연체 연결형 흘려 쓰기라 이 문체를 쉽게 읽어 내려가는 것이 쉽지 않았다. 어떤 부분은 거의 판독 수준이었고, 그래도 잘 모르는 부분은 따로 모아두었다가 나중에 서울 가서 한꺼번에 묻고 확인하는 그런 과정을 거쳤다. 백석 시인과의 뜨거운 사랑 이야기를 담은 김자야 에세이집 『내 사랑 백석』(문학동네)은 바로 이런 과정과 곡절을 거쳐서 세상에 나오게 된 것이다. 나는 자야 여사의 글씨를 두고 세상에서 하나뿐인 '자야체(子夜體)'라 놀렸다. 그러면 그게 부끄럽고 송구하다며 얼굴이 발갛게 달아올라 몸 둘 바를 몰라 했다. 그러면서 노고를 위로하는 뜻이라며 술잔을 불쑥 내밀었다.

그 자야 여사가 세상을 떠난 지 어느덧 십여 년의 세월이 지났다. 살아서 남루했던 과거를 지녔으나 20대 청춘기 백석 시인과의 지순했던 사랑을 보물처럼 가슴에 품고 살았던 여인. 기생 자야의 회고록을 정리하던 시절이 새롭다. 자야 여사는 편지 말미에서 자신을 일컬어 꼭 '노소녀(老少女)'라고 썼다. 내 호칭을 '인출'이라고 쓴 것은 나의 아명이 인출(寅出)이기 때문이다. 6·25전쟁이 발발했던 해가 경인년이었고, 그 해 출생이라 아버지께서는 그렇게 부르셨다.

出아 出아, 인출(寅出) 선생!

어찌타 글은 쓰라고 하시어서 없는 박식 쥐어짜느라 비지 자루만 터져버리고 고갈된 창고에 그나마 중언부언 잠꼬대 같이 써놓고 보니 내가 살아온 고난의 생애에 외로웠던 여로 중 돌이킬 수 없는 가장 값진 아름다웠던 청춘을 영상으로 비치어보는 생생한 환상. 뜨거운 정열의 불꽃 튀는 두 청춘. 한데 묶어 뒹굴어보는 이 추억. 늦게 얻은 큰 보물입니다. 소중합니다. 무엇으로도 바꿀 수 없습니다. 청춘이 그리워 사랑이 그리워 가슴이 터지도록 흐느낄 때 구천에 계신 백석 선생도 뜨거운 눈물을 지었고 지상에서는 인출(寅出) 선생만이 처절한 두 사람의 흐느끼는 소리 가슴 아파하시었지요. 그런대로 솜씨 내시어서 잘 정리해주시기 바랍니다. 본래가 가정교사를 믿고 쓰는 글이 아닙니까. 노고를 빌면서.

1994년 1월 8일

노소녀(老少女)

자야(子夜) 서(書)

iv) 자야 여사의 편지 4

그제 밤 꿈에 백석 시인이 어디에선지 두 팔을 높이 들고 덜그럭 안으려는 듯 흠뻑 즐거운 태세만 비치고 그만 사라져 버렸어요. 꿈마다 믿지 못할 형용 생생히 허무한 꿈은 나를 시달려주고 애를 태우려 나타나는 것만 같습니다. 그 원한 내가 모를 리 없지요. 다음 날은 밤이 새도록 책을 보는 참인데 느닷없이 작은 백석 시인이 방안에 성큼 다가왔지요. 꿈 아닌 꿈에 너무도 반가워서 곧장 사랑스러웠어요.

젊어서는 한적할 때면 약속 없이 오는 사람 기다려지기도 했건만 이제 늙으니 자연히 찾는 이도 없는데 오랜만에 반가운 마음으로 얼싸안고 뒹굴고 싶었어요. 그런데도 바쁜 이 도정(道程)에 한유(閑遊)한 틈이 없으니 안타까웠어요.

새로 나온 시집을 주시어서 읽어보니 나에 대한 로맨스를 다룬 시 작품이어서 '아, 이것이 꿈땜이로구나' 하고 반갑게 읽었습니다. 바쁘신데 마지막으로 보내드리는 글월 읽어보고 첨부해주시면 감사하겠습니다.

1995년 11월 13일

子夜

김자야 에세이집 『내 사랑 백석』의 발간

이렇게 자야 여사가 보내온 수십 통의 편지들을 시대 순으로 배열해 놓고 서사적 일관성을 이루었다. 사이사이에 간극(間隙)과 공백이 느껴지고 허전한 부분은 내가 자야 여사를 대신해서 채워 넣었다. 컴퓨터 보급이 일반화되던 1990년대 초반, 당시 XT 컴퓨터의 조악한 모니터 앞에서 나는 자야 여사의 편지를 한 글자씩 쳐서 채워 넣었다. 속도도 느리고 오류도 자주 발생했다. 잘못된 원고의 앞뒤를 블록으로 떠내어서 손쉽게 이동시키고, 새로 쓴 원고는 그 자연스러움의 효과를 감안해가며 여러 차례 읽고 수정했다. 어느덧 한 권의 책 분량에 다다르니 그 기쁨은 이루 형언할 길이 없었다. 자야 여사는 자신의 회고록 표지에 저자명이 표시된다는 사실을 무척이나 기뻐했다. 첫 시작에서 완성까지 1년 정도 걸렸을 것이다. 마침내 최종 교정을 본 뒤에 나는 발문을 다음과 같이 적어서 책의 맨 끝부분에 첨부했다.

아름다운 인연, 아름다운 족적

지난 1987년 10월, 나는 그때까지 분단의 어두운 수렁 속에 매몰되어온 망각의 시인 백석의 작품을 한 편, 두 편 모아서 『백석시전집』이란 이름으로 세상에 그 빛을 보게 하였다. 이 책이 출간된 후 언론계, 학계, 문단의 반향은 실로 놀라웠다. 모든 신문이 큰 관심을 가졌고, 이 소식을 들은 분들이 모두 입을 모아서 우리나라 문학사의 너무도 소중한 별 하나를 회복하게 되었다며 다행이라고 말했다. 특히 원로시인 우두(雨杜) 김광균(金光均) 선생 같은 분은 붓으로 손수 쓴 장문의 격려 편지까지 보내와서 함께 기뻐해 주었다. 『백석시전집』의 발간 시기는 당시 정부가 공식적인 해금 조치를 발표하기 전이었는데, 이 전집

의 발간을 계기로 그동안 밀교적인 분위기로 금지되어 오
던 월북 문학인들의 작품집 발간과 그 작품에 대한 연구
활동이 활발하게 진행되었다.

전집이 발간된 지 한 열흘쯤 되었을까.

어느 날 오전 나는 연구실로 걸려온 한 통의 전화를 받
았다. 목소리의 주인공은 첫 느낌에도 단정하고 기품 있
는 할머니의 음성이었다. 그녀는 백석과 가까웠던 사람
이라고 자신을 소개하며, 언젠가 한 번 만나기를 청했다.

나는 궁금증을 참지 못하고 곧 상경하여 그녀를 만났
다. 그는 자신을 '자야(子夜)'라고 불러달라고 말했다. 이
이름은 백석 시인이 지어준 것이라는 설명과 더불어, 그
녀는 백석 시인과 관련된 자신의 생애를 조용히, 그러나
상기된 표정으로 말했다.

자신의 흘러간 20대 초반, 어여쁘던 처녀 시절에 함경
도 함흥에서 백석 시인과 처음 만나 뜨거운 사람에 빠지
게 되었고, 이후 3년간 서울 청진동의 한 작은 집에서 혼
례를 치르지 않은 부부로서 함께 산 적이 있노라고.

나는 대뜸 그 내력을 알아차렸다. 동시에 함흥에 살던

시절에 쓴 백석 시의 애틋함과 고뇌와 갈등 따위가 일시에 정돈된 풍경으로 다가왔다. 내가 그토록 존경하고 흠모하던 한 선배 시인의 풍모와 직접적인 체취를 새삼 생생하게 확인하게 되어서 나는 몹시 흥분의 도가니로 빠져버렸다.

그날 밤, 나는 자야 여사가 굽이굽이 펼치고 쏟아놓는 참으로 많은 흘러간 시간의 반짝이는 사금파리들을 보면서, 그녀의 추억 속에서 너무도 큰 부피로 깃들어 있는 백석 시인을 흠뻑 느낄 수가 있었다. 그날 메모해둔 것을 다시 깁고 채워서 정리한 것이 대담 기록으로 발표한 「백석, 내 가슴속에 지워지지 않는 이름」이다.

그러나 이 글이 발표된 이후에도 나는 어딘지 다 채워지지 못한 부분에 관한 아쉬움이 여전히 남아 있었고, 특히 자야 여사가 그토록 사랑했던 사람 백석의 인간적 풍모에 관한 기술이 생기를 얻지 못해서 미흡한 마음을 금치 못하고 있었다. 그래서 자야 여사를 대면할 기회가 있을 때마다 틈틈이 회고록을 써보기를 권했었고, 더더욱 백석 시인과 3년 동안을 낱낱이 정리해보기를 권했다.

이런 나의 권유에 자야 여사는 겸양을 보이며, 자신은 문필가가 아니므로 불가능하다고 말했다. 그러나 내가 아는 그녀는 일찍이 1930년대 중반 파인 김동환이 발간하던 잡지『삼천리』지를 통해 이미 수필로 데뷔한 바 있었다. 나는 이 사실을 환기하며 마치 꺼져가는 호롱에 다시 기름을 가득 채우고 심지를 새로 끼워서 불을 밝히듯 옛 기억을 글로 써보라고 누차 강권하다시피 했다.

그러던 1991년 어느 봄날, 자야 여사는 느닷없이 한 통의 우편물을 보내왔다. 뜯어보니 그 원고는 지금 한 하늘 아래에 계시지 않는 낭군인 백석 시인을 생각하고 쓴 그리움의 편지였다. 200자 원고지 앞뒤로 칸에 구애받지 않고 종서(縱書)로 빽빽하게 써 내려간 불과 서너 장의 글이었다. 절절히 사무치는 애타는 눈물과 사랑하는 사람을 향한 연모의 정이란 아마도 생사를 초월하는 것이리라. 그것을 읽어 내려가는 순간, 나는 자야 여사의 글이 한 권의 책으로 출간될 수 있는 가능성을 확신했다. 이후로 나는 자야 여사에게 그녀의 가슴속에 깊이 묻어둔 말, 백석 시인과 함께 살 때 있었던 여러 가지 재미있는 일화, 당시 문단 친구들과의 교유, 기생으로서의 삶에서 예상할 수 있는 온갖 눈물겨운 애환 등 많은 이야기를 떠오르는 대로 적어보도록 권유했다.

그때 자야 여사는 이미 팔순이 가까운 고령이었지만 나의 집필 주문에 적극적으로 응했다. 그녀는 글을 쓰면서 밤을 새운 날이 꽤 있었는데 심지어는 이로 말미암아 건강에 무리가 왔고, 두어 차례 입원하여 노년의 고비를 넘기기도 했다. 자야 여사가 글을 써 보내면 나는 시간적·공간적 순서에 따라 다시 글을 배열하고 글의 구성과 흐름이 독자들에게 쉽게 다가갈 수 있도록 약간 첨삭했다. 자야 여사의 문체는 1930년대식 어법과 문형을 거의 고스란히 유지하고 있었다. 지금은 사라지고 없는 당시의 진기한 어휘나 고전적 문투(文套) 등의 이채로운 언어 습관을 그대로 지니고 있다. 나는 이것을 될 수 있는 한 고치지 않으려고 애를 썼다. 백석 시인과의 이야기도 자못 흥미로울 터이지만 자신이 기생이 될 수밖에 없었던 슬픈 이야기도 우리의 가슴을 깊이 울리는 감동을 준다.

이렇게 자야 여사가 새로 쓴 원고를 나에게 보내오고,

그것을 내가 다시 손질하여 되보내기를 십여 차례 했고 그간 고치고 고친 원고의 높이가 한 자가 넘었다. 거의 마무리된 원고의 분량도 어느덧 일천 매를 넘어서고 있었다. 자야 여사는 이 원고의 집필을 자신의 필생 사업이라 여겼다. 그만큼 이 글에 쏟아 부은 공력과 노고는 참으로 대단한 것이었다. 1991년 봄부터 4년간이나 쉬지 않고 틈틈이 계속된 집필 작업이 이제 한 권의 책으로 마무리되면 그 누구보다도 자야 여사 자신이 가장 기쁘고 흐뭇할 것이다. 또 백석 시인의 영혼이 있다면 이 사실을 알고 아마 감개무량함을 함께 느끼고 계실 것이다. 나 또한 이 작업을 곁에서 보조했던 경험을 큰 기쁨으로 여기고자 한다.

한 인간으로 태어나 이승의 삶을 살아가면서 끼치게 되는 아름다움의 족적(足跡)이란 그다지 많지 않거늘, 자야 여사는 비록 기생의 신분으로 한 생을 살아오면서도 자신의 젊은 날, 영혼이 맑고 고결했던 한 외로운 시인과의 아름다웠던 만남과 애틋했던 사랑의 기억을 고스란히 간직하고 있다. 이는 그녀의 삶이 얼마나 아름답고 풍성하였음을 말해주는 것인가. 더구나 그 기억을 지금도 가슴 깊이 갈무리해서 자신의 외로운 삶을 흐뭇한 시간으로 바꾸어가고 있으니 이 얼마나 값진 보람이리오.

나는 그녀의 가슴속에 들어 있는 백석 시인과의 그 추억이야말로 빛이 영원히 바래지 않는 영롱한 진주처럼 고귀한 보배라고 생각한다. 사랑과 인정이 메마를 대로 메말라 먼지조차 풀썩풀썩 일어나는 이 건조한 세월 속에서 이 아름다운 책이 아무쪼록 많은 독자의 가슴속에 다가가 그들의 심금을 잔잔한 감동으로 적시게 되기를 진심으로 바란다.

새로운 장르로 태어난 회고록

　자야 여사의 회고록인 『내 사랑 백석』이 출간되자 각계의 반응은 뜨거웠다. 2016년 11월 5일부터 2017년 1월 22일까지 드림아트센터 2관 더블케이시어터에서 뮤지컬 〈나와 나타샤와 흰 당나귀〉가 무대에 올려졌다. 이 공연은 2017년 10월 19일부터 2018년 1월 28일까지 서울 대학로 유니플렉스 2관에서 2차 공연으로 이어졌다. 여기에 출연한 배우들은 강필석, 오종혁, 이상이, 정인지, 최연우, 안재영, 유승현 등이다. 박해림이 극본을 작성하고 작곡가 채한울이 곡을 만들었다. 우란문화재단 시야 스튜디오를 통해 개발한 이 작품은 ㈜인사이트엔터테인먼트가 제작하였고 2015년 초연을 한 이래 관객으로부터 많은 사랑을 받아왔다.

2020년 11월 3일(화)부터 2021년 2월 14일(일)까지 무려 3개월 보름가량 뮤지컬 〈나와 나타샤와 흰 당나귀〉가 무대에서 공연되었다. 매주 토, 일요일만 제외하고 계속 공연이 펼쳐졌는데 그 장소는 충무아트센터 중극장 블랙이다. 제작사는 (주)인사이트엔터테인먼트다. 주된 내용은 뜨겁게 사랑했던 한 백석 시인을 못 잊어 줄곧 그리움 속에 살아온 기생 자야. 세월이 흘러 어느덧 백발의 노인이 되어버린 그녀의 앞에 돌연 옛사랑이 나타난다. 말쑥한 정장 차림의 모던 보이는 자야에게 여행을 함께 떠나자고 제안한다. 이 이야기는 '한 시인이 나를 사랑해서 한 줄 나타샤로 만들어준다면 기꺼이 그렇게 살겠다'며 평생을 바친 여인 자야의 이야기이자, 그 여인의 기억 속에 무르녹아 있는 백석 시인에 대한 이야기다.

이번 뮤지컬 공연은 2017년의 두 차례 공연에 이은 세 번째 무대 공연이다. 이미 초연과 재연에서 많은 사랑을 받았던 작품으로서는 이례적으로 큰 변화를 시도했다고 한다. 3차 시즌에는 원형 무대를 십분 활용한 확장형 무대를 선보였고 백석의 시를 3D 펜으로 필사한 시 기둥과 백석과 자야의 인생을 표현한 기찻길 무대를 새롭게 선보이기도 했다.

이에 더해 2021년 2월 한 달 동안 일본 공연까지 결정되었다. 일본 초연은 2021년 2월 3일부터 28일까지 아사쿠사 큐게키 극장에서 진행되었는데 '스모크', '블루 레인' 등의 국내 창작 뮤지컬을 일본 라이선스 공연으로 선보이기도 했던 '아틀라스'에서 주최했다. 또한 일본 대표 극단 타카라즈카의 전설적인 연출가였던 오기타 코우이치 연출을 필두로, 실력파 배우로 인정받고 있는 아카네 리브, 츠키카게 히토미 두 배우가 기생 자야의 역할을 맡고 히가시야마 미츠아키가 백석 시인의 역할을 맡았다. 이에 대해 아틀라스 관계자는 "백석의 시와 음악이 있는 뮤지컬 〈나와 나타샤와 흰 당나귀〉는 말할 수 없이 애절하고 아름답다. 일본 관객에게도 그 마음이 전해질 것이라 생각한다"라고 소감을 전했다.

그런데 안타깝게도 이 뮤지컬의 제작사와 작가, 작곡가는 원작 『내 사랑 백석』에 대한 저작권료를 전혀 지급하지 않았을 뿐만 아니라 초대권은커녕 원작을 바탕으로 한 뮤지컬 제작·공연 소식조차 전혀 알리지도 않은 채 모두 무단으로 진행하고 원작 텍스트도 그대로 도용했다. 이것은 참으로 비양심적인 행동이 아닐 수 없다. 제작 책임자들은 도덕적으로 통렬하게 반성해야 한다. 그뿐 아니라 대본에는 자야 여사의 화법이 함경도식 억양으로 처리되어 있는데 이는 너무도 무지하고 부적절한 표현이다. 자야는 서울에서 출생한 토박이고 백석 시인은 평안북도 출신이다. 그 어색함이 극대화되었다. 언론에서는, 이 작품의 공연으로 제작진은 제1회 한국뮤지컬어워즈에서 '2016 뮤지컬 작품상'과 '극본, 작사상' 및 '연출상'까지 수상하며 초연을 성공적으로 마무리했다고 전하고 있다.

『내 사랑 백석』을 읽은 감흥이 반영된 또 다른 작품으로는 연극 〈백석 우화〉가 있다. 이 작품은 연희단거리패와 대전 문화예술의 전당이 공동으로 제작했다. 2015년 8월 15일, 대전 예술의 전당에서 초연되었고 이어서 서울 대학로 게릴라극장에서 그해 10월 12일부터 11월 1일까지 공연되었다. 이 연극을 관람한 관객의 반응이 워낙 뜨거워서 그해 12월 23일부터 2016년 1월 17일까지 앙콜 공연이 열렸다. 대본의 구성과 연출은 극작가 이윤택이다. 출연진은 배우 오동식(백석 역), 김미숙(백석 시인의 아내 리윤희), 김아라나(문경옥 역), 이동준(작가 한설야 역), 허가예(자야 여사 역), 이혜선(노천명 역), 신명은(모윤숙 역) 등이다. 주로 백석 시인의 삶과 문학을 극화시킨 기록극(記錄劇)으로 볼 수 있다. 백석의 시 작품이 배우들에 의해 무대 위에서 낭송되거나 노래로 불렸다. 이 작품은 2015년 12월 28일 대한민국 연극대상 시상식에서 작품상과 연기상을 받았다. 이후 이 연극은 부산, 대구 등 전국 공연으로 이어졌는데 나는 대구 공연에서 전체 연극을 관람했다. 그날 공연을 관람한 뒤 너무 감동한 나머지 무대로 곧장 올라가 배우들을 격려하고 약간의 격려금도 쥐어주었다.

한편 시인과 기생의 사랑, 혹은 백석 시인의 생애를 다룬 소설 작품들도 속속 등장했는데 작가 이승은이 발표한 장편소설 『나와 나타샤와 흰 당나귀』(2017)와 작가 김연수가 쓴 『일곱 해의 마지막』(2022년) 등이 있다. 이승은은 백석 시인의 여인이었던 자야 여사를 집중적으로 다룬 반면, 김연수의 소설은 평양에서 자강도 관평리로 귀양 살이를 떠난 백석 시인의 후반기 삶에 초점을 맞췄다. 이 승은의 장편소설이 발간될 때 나는 작가의 청탁을 받고「시인과 기생의 사랑」이란 제목의 발문을 써서 그 책의 후반부에 실었다.

한번은 문학동네사에서 연락이 왔다. 어느 영화기획사에서 김자야 에세이집인『내 사랑 백석』을 읽고 감동해서 시인과 기생의 사랑 이야기를 테마로 한 편의 영화를 제작할 계획이라고 했다. 백석 시인의 배역으로는 인기스타 원빈이 캐스팅되었고, 자야 여사의 배역은 아직 미정이라고 했다. 여러 배우가 물망에 오른다고 했다. 제의는 구체적으로 진전되어서 두 회사의 법무팀이 만나 제작 상담을 시작했다. 완성과 개봉이 된다면 원작료도 지급된다고 했다. 그 책의 저작권 인세를 받고 있는 나로서는 가슴이 설렜다. 그것은 에세이집이 발간되었을 때 자야 여사가 출간을 도와준 나에 대한 감사의 표시로 도서출판 문학동네에 곧장 전화해서 이후의 저작권 인세 수령인으로 나를 지정했기 때문이다. 하지만 이 상담은 곧 어떤 문제에 봉착되어 진전되지 못하고 파기되었다. 그것은 원작자의 동의 문제였다. 명의가 김자야로 되어 있지만 현재 고인이 되었기에, 그 유족들에게 대신 승낙을 받아야 한다고 했다. 하지만 유족이 모두 미국에 있어서 연락할 수 없다고 했더니 그 일은 없던 것이 되었고, 원점으로 돌아갔다. 영화로 제작되었다면 세간에 엄청난 화제를 불러일으켰을 것이다.

제3부

갸륵한
기생

마음에 남은 빚

　세상 모든 일에서 영원무궁한 것이 어디 있던가. 그토록 뜨겁던 두 사람의 사랑에도 티격태격 감정의 굴곡이 생기게 되었고, 일치하지 못하는 일이 종종 생겼다. 그것은 함께 함흥에서 살던 시절 백석이 자야에게 두 차례나 사실이나 경과를 명확히 밝히지 못한 사건이다. 그것은 아버지의 전보를 받고 서울을 다녀오던 무렵이다. 한번 가면 일주일가량 서로 떨어져 지내게 되는데 그 그리움의 공백은 너무나 커서 견디기가 힘들 지경이다. 그런데 서울 부모님께 다녀온 백석은 종내 시무룩하고 말이 없었다. 그게 수상하고 야릇한 낌새가 느껴져서 자야가 "당신 장가들고 왔지?"라고 다그쳐 물으면 백석은 고개를 푹

숙이고 그냥 얼버무렸다. 한참만에야 이야기를 꺼내는데 기절초풍할 노릇이 아닐 수 없다. 혼기를 넘긴 아들이 워낙 소식도 없고 집에도 오지 않으니 부모님은 꾀를 내었다. '부친 위독'이라는 내용이 적힌 전보를 보내어 아들을 집에 오도록 했고, 그 틈을 이용해서 장가를 보낼 계획을 했다. 그것도 두 차례나 말이다. 신붓감을 미리 정해두고 혼례식까지 올리도록 했다. 백석은 부모 말씀을 거역하지 못하는 아들이었기에 결국 사모관대를 하고 초례청에 섰다. 하지만 그날 밤 야반도주하여 서울을 떠나온 것이다. 그 초례청에 동원되었던 처녀로서는 얼마나 기가 막힐 노릇인가. 함흥의 자야를 잊지 못해 다시 돌아와 준 것은 고맙기 그지없지만 자야는 이젠 본인이 떠날 때가 된 것으로 여기며 어느 날 봇짐을 싸서 한마디 말도 없이 함흥을 떠나버렸다. 돌아온 곳은 다시 서울의 옛 조선권번이다. 기생이 멀리 간들 어디로 가겠는가. 다시 조선권번이다. 일터에서 가까운 청진동 골목에 있는 작은 기와집한 채를 구입한 후에는 출퇴근이 수월해졌다.

이것을 백석 시인이 어떻게 알아내었는지 어느 날 그가

불쑥 찾아들었다. 영생고보 축구부 팀을 인솔해서 전 조선 고보 축구 대항전에 참가하는 것이 목적이라고 한다. 그러나 백석 시인은 인솔 교사로서의 책임은 뒷전이었고, 진향의 청진동 집에만 줄곧 틀어박혀 있었다. 지도자가 자리를 이탈한 영생고보 축구팀은 당연히 예선에서 패배했고 인솔교사도 없이 함흥으로 복귀했다. 영생고보에서는 당연히 난리가 났다. 그래도 파면은 시키지 않고 영생여고보로 전출시켰지만 백석은 종내 함흥으로 돌아가지 않았다. 사직서를 써서 우편으로 발송했고, 그것으로 함흥과는 작별이었다.

백석은 청진동 집을 마치 자기 집처럼 여기고 머물면서 옛 직장 조선일보로 다시 출근했다. 그리곤 퇴근하기가 무섭게 집으로 돌아왔다. 언제나 그렇듯이 꼭 껴안고 해주는 뽀뽀가 그렇게도 정겨울 수가 없었다. 자야가 어디로 나가자고 해도 백석은 자야를 품에 안고 함흥에서 늘 그랬듯이 팔베개를 한 채로 이런저런 책을 읽기를 좋아했다. 진향은 백석의 품에서 자다 깨다 하는 그 시간이 무척이나 좋았다.

저녁이면 마치 제집인 듯이 대문을 요란하게 열어젖히며 들어서는 사람들이 있다. 백석의 친구들이다. 소설가 허준(許俊, 1910~?)과 수필가 정근양(鄭槿陽) 두 사람은 거의 매일 찾아오는 단골손님이었다. 어떤 흉허물이 있다 할지라도 그들 세 사람은 모든 것이 용납되는 막역지우(莫逆之友)였다. 친형제보다도 더 친한 사이라 할 수 있었다. 세상에서는 그들 셋을 일러서 '삼우오(三羽烏)'라고 했다. 일본말로 '산바가라스'라 했는데 어떤 집단에서 특히 뛰어난 세 사람을 가리키는 뜻이다. 말하자면 걸출한 삼총사라는 의미다. 일본의 유마온천(有馬溫泉) 전설에서 생겨난 이야기라고 한다. 평안도 용천 출생의 허준은 백석 시인과 조선일보에 함께 근무하던 동료였다. 고향도 같은 평안도라 아주 다정했다. 체격이 몹시 큰 편이었는데 친구와 더불어 술을 한잔 마시며 담소를 나누는 시간을 무척 즐겼다. 그는 집이 낙원동에 있어서 청진동 자야의 집에 자주 놀러왔다. 백석 시인과는 그야말로 친형제라 불러도 좋을 정도로 격의 없이 다정했다. 나중에 백석은 허준의 실명을 제목으로 한 편의 시를 쓰기까지 했다.

　　그 맑고 거룩한 눈물의 나라에서 온 사람이여
　　그 따사하고 살틀한 볕살의 나라에서 온 사람이여

　　눈물의 또 볕살의 나라에서 당신은
　　이 세상에 나들이를 온 것이다
　　쓸쓸한 나들이를 단기려 온 것이다
　　(下略)
　　- 시「허준」부분

　　백석은 해방 직전까지 만주에 머물면서 여러 편의 시 작품을 써서 허준에게 보내었다. 허준은 그것을 오랫동안 지니고 있다가 해방 직후 서울의 잡지에다 발표시켜주었다. 작품 말미에는 백석이 만주에서 보내온 작품이라고 설명하는 내용을 꼭 썼다. 분단 시기에 허준은 평양으로 올라와서 살았는데 이때 두 사람은 평양에서 자주 만나 옛정을 나눈 것으로 보인다. 하지만 그 자리에 정근양은 중국에서 돌아오지 않았고, 북조선 정권의 발족 직후 평양의 여러 긴장된 상황 속에서 두 사람의 예전처럼 마음 편하게 우정을 이어가기가 쉽지 않았다.

정근양은 경성의전을 졸업한 의사다. 문학을 좋아해서 많은 책을 읽었고, 수필가로 등단해서 여러 잡지에 작품을 발표하곤 했다. 허준의 소개로 알게 된 이후로 세 사람은 항상 붙어 다녔다. 일제 말 정근양은 머나먼 중국 산서성 임분현으로 훌쩍 떠나 거기서 병원을 열고 살아간다는 소문이 바람결에 들렸다. 지인도 하나 없는 그곳에서 얼마나 외롭고 살아가기가 힘이 들었을까. 그가 중국으로 떠난 뒤로는 삼우오도 저절로 흩어지고 말았다. 백석이 만주 신경에 머물 때 친구인 정근양이 그리워 산서성으로 찾아갔을 것으로 짐작되지만 이에 대한 어떠한 흔적도 남아 있지 않다.

청진동 시절, 백석 시인은 자야에게 만주로 떠나자는 말을 자주 했다. 그러나 자야는 종내 그 제의에 명확하게 답변하지 않았다. 우선 바람찬 만주 땅으로 가서 가난한 시인의 아내로 살아갈 자신이 서지 않았다. 게다가 평생을 살아온 삶의 터전이자 정든 서울을 떠난다는 게 전혀 내키지 않았다. 설사 백석의 뜻에 동의해서 만주로 간다고 한들 생계가 보장된 것은 아니었다. 백석의 풍운아적인 기질을 잘 아는 자야로서는 모든 것이 낯선 만주 땅에서의 불안정한 삶이 무엇보다도 두렵고 막막했다. 산 설고 물도 설며 사고무친(四顧無親)의 고장인 만주 땅이 무서웠다. 말도 전혀 통하지 않는 그곳을 가서 대체 무얼 하고 어떻게 살아갈 것인지 전혀 현실적 방안이 떠오르지 않았다. 그 때문에 자꾸만 백석을 피하려는 마음이 생기게 되었다. 그게 진정한 방책은 아니지만 우선 숨어야겠다는 생각만 들었다. 그런데 어딘가로 숨으면 백석은 마치 수사관처럼 숨은 곳을 알아내고 불쑥 나타나곤 했다. 그때마다 가슴이 철렁했다. 이런 일이 무려 다섯 번도 넘었을 것이다. 도피와 은둔생활에 지친 자야는 백석에게 전혀 알리지 않은 채 한 친구와 함께 살그머니 중국 상하이로 떠났다.

인천에서 배편으로 출발했다. 인천항까지 또 백석이 모습을 나타내지 않을까 가슴이 조마조마했다. 상하이에서는 주로 명승지나 사찰을 찾아다녔고, 밤이면 클럽으로 가서 휘황한 샹들리에 불빛 아래에서 춤을 추었다. 하지만 마음 한구석에는 백석 시인에 대한 불편하고 미안한 생각이 늘 자리하고 있었다. 백석의 만주행 제의를 끝내 받아들이지 않고 도망치듯 떠나온 것 때문에 죄송한 마음도 들었다. 혹시라도 나를 찾다가 포기하고 혼자 떠나 버린 것은 아닐까. 이런 조바심 속에서 진향은 두어 달 동안 머물던 상하이를 떠나 서울로 돌아왔다. 와서 들으니 백석은 정말 만주로 혼자 떠났다는 소식이 들렸다. 가슴이 철렁하면서 눈물이 핑 돌았다. 그제야 엄청난 외로움이 폭포처럼 밀려왔다. 아마도 편지가 한두 통 왔을 것이다. 안부를 묻고 어떤 환경에서든 꿋꿋이 자신을 잘 지키며 살아가라는 그런 당부였다. 세월이 흐르면서 자야는 백석이 없는 생활에도 차츰 익숙해졌다.

겨울로 접어들 때 자야는 만주의 백석에게 보내려고 선물 하나를 준비했다. 그것은 명주로 만든 한복 한 벌과 두루마기까지 일습으로 갖춘 구색이었다. 마침 만주 신경에서 백석과 함께 일한다는 작가 송지영(宋志英,

1916~1989)이 서울에 왔을 때 일부러 그를 만나 자신의 선물을 전해달라고 부탁했다. 송지영은 이를 흔쾌히 수락하고 자야의 선물을 만주의 백석에게 전했다. 백석은 그 추운 만주의 겨울날, 사랑하는 연인 자야가 만들어 보내준 명주 한복을 입고 신경 거리를 성큼성큼 걸어 다녔을 것이다. 만주에서 틈틈이 번역한 토마스 하디(Thomas Hardy, 1840~1928)의 소설 『테스(Tess of the D'Urbervilles)』(1891)를 출판하기 위해 원고를 들고 서울에 나타났을 때도 그 한복을 입고 왔으리라. 하지만 백석은 서울에서 자야를 찾지 않고 출판사 볼일만 본 뒤 바로 돌아가 버렸다. 마음속에서 온갖 갈등을 겪었을 것이다.

백석은 만주에서 이미 일본의 꼭두각시 체제로 세워진 만주국에 완벽히 동화되지 못했던 것 같다. 신경에서 발간되던 『만선일보(滿鮮日報)』에 여러 차례에 걸쳐 번역 원고와 산문을 투고하기도 했고, 그곳의 동포 문인들과 교유하며 모임에 나가기도 했다. 하지만 그곳에서도 차츰 옥죄어드는 제국주의 압제가 싫어져서 그걸 피해 일부러 북만주 일대를 방랑하였다. 시 「북방에서」나 「두보나

이백 같이」,「조당(澡堂)에서」등에 나타난 뜨내기, 혹은 행려자의 심경이 이를 은근히 말해주고 있다. 신찡 시내에서도 하숙집을 자주 옮겼고, 혼자 적막하게 지내는 시간을 더 선호했다. 해방 직전에는 안동(지금의 단동)에서 일본 세관의 직원으로 잠시 일한 적이 있다. 그 무렵에 백석은 평양 출신의 문경옥과 혼인해서 살았다. 하지만 그녀와도 어떤 일로 헤어지고 다시 홀몸이 되었다. 그 이후의 삶은 시「남신의주 유동 박시봉방」에 처연한 그림으로 그려져 있다. 그러다가 해방이 되고 고향 정주로 돌아와 친지의 과수원에서 일을 돕기도 했고, 개교한 김일성대학의 강사로 일하기도 했다. 대학에서는 영어와 러시아말을 가르쳤다.

오산고보 시절부터 각별한 인연이었던 고당 조만식 선생이 조선민주당을 발족했을 때 그 휘하에 들어가 비서로도 일했다. 삼엄한 분위기의 북조선 정권하에서도 시를 쓰고 아동문학 평론을 집필해서 평양의 대표적 문학 저널인『조선문학』지에 여러 차례 발표했다. 그러나 백석이 시 창작, 동시 창작, 아동문학평론 등 다양한 분야에서

활동했는데도 문학의 진정성을 향한 그의 기본적 가치관
은 달라지지 않았다. 표면적으로는 북조선 체제의 외형
에 부합하는 듯한 표현을 더러 쓰기도 했으나 실상으로
는 문학적 본령을 지키려는 문학우선주의를 버릴 수가 없
었다. 그게 백석 시인의 타고난 기질적 생리였다. 이를 눈
치 챈 평양 문예총 소속의 열혈분자 문청들이 공연히 시
비를 걸기 시작했다. 말하자면 그들의 눈밖에 벗어나 표
적이 된 것이다. 그들은 이른바 논쟁이라는 명분을 내세
우며 백석이 발표한 아동문학 평론에 대해 근본적 비판을
제기했다. 여러 부류가 이에 동조하며 문제점을 지적하
고 성토했다. 북조선 문예총에서는 이를 주목하고 마침
내 백석을 평양에서 추방하고 말았다. 백석 시인이 가족
과 함께 쫓겨 간 곳은 백두산이 가까운 자강도 삼수군 관
평리의 해발 800m 고지에 있는 목장이다. 그곳은 양과 염
소, 돼지를 치는 열악한 장소다. 바람도 세고 한겨울엔 눈
보라에 갇혀 지내는 곳이다. 그런데 평양에서 쫓겨 간 귀
양살이에서 풀려나 원래 장소로 복귀하기란 불가능한 일
이다. 백석은 1960년대 중반 북방의 변경으로 쫓겨나 그

곳에서 수십 년을 살다가 세상을 떠났다. 백석이 평양에서 살 때 부모는 아들의 늦장가를 추진했다. 여러 아픔과 상처를 겪은 아들이 또 명문가 출신에게 장가 드는 것을 바라지 않았다. 그런 까닭에 이번엔 소박하고 평범한 농촌 처녀를 찾아서 혼인시켰다. 이름은 리윤희. 여러 남매가 태어났다. 평양에서 몇 년을 살다가 자강도 관평리 산골로 쫓겨 갔다. 이에 대해 자녀들의 불만이 많았을 것이다. 처음엔 시를 쓰고 문학을 하는 아버지가 자랑스러웠을 터이지만 그 문학과 시 작품 때문에 평양을 떠나게 되었을 때는 아버지가 하는 문학이란 것이 몹시 경멸스러웠으리라. 하지만 아버지는 산골로 쫓겨 와서도 시를 버리지 않고 여전히 작품을 쓰며 시인의 삶을 살아갔다. 자녀들은 그게 무척 싫었을 것이다. 그 때문에 아이들은 아버지가 써둔 시 작품의 초고를 몰래 가져다가 아궁이에 군불을 넣을 때 불쏘시개로 모두 태워 버렸다. 기가 막히는 일이다.

백석은 1987년 서울에서 자신의 시전집이 출간된 사실도 전혀 모른 채 산골 목장에서 외롭게 살다가 그로부터

10년 뒤인 1996년에 84세로 세상을 떠났다. 그 말년의 적막한 삶은 백석 시인에게 얼마나 가혹한 고통이었을 것인가. 아마도 모든 걸 포기하고 가슴속을 텅 비운 상태로 멀뚱하게 하루하루를 살아갔으리라. 아마도 이 시기에 서울 자야 여사의 꿈결에 자주 백석 시인이 참담한 몰골로 나타났던 것이 아닌가 한다. 조물주는 간절한 그리움을 지닌 두 존재의 영혼을 꿈에서라도 서로 이어지게 하는지 모른다.

자야는 일제 말 만주로 함께 떠나자는 백석의 제의를 거절한 것이 못내 마음에 걸렸다. 처음에는 그냥 잊은 듯이 그 기억을 애써 지우며 살았던 것으로 보인다. 조선권번 기생으로 일하면서 일제 말의 행적을 내가 두어 차례 조심스럽게 물었으나 그때마다 싸늘한 표정으로 입을 닫았다. 차마 고백할 수 없는 참담한 경험을 여러 번 겪었을 터이다. 비록 전시였지만 조선총독부의 고위 관리들이 함께 어울려 조선권번을 드나들지 않았을까. 그들의 그물과 관심의 촉수에 한 번 말려들게 되면 그것에서 쉽사리 벗어나기란 거의 불가능하지 않았을까. 악몽과도 같았을 당시의 기억을 캐묻는 내가 바보 같기도 했겠지만 곧 정색으로 창밖의 한강을 바라보던 자야 여사의 표정이 지금도 눈에 선하다. 그런 질문은 그녀에겐 절대 고백할 수 없는 금단의 영역이었다.

해방 후 일제시대 권번은 그 특성상 자연스럽게 비밀 요정으로 탈바꿈했기에 여전히 권력자와 자본가를 위해 술을 팔고 향락을 제공하는 기생의 삶에는 획기적 변화가 없었으리라. 다만 기생 진향의 경우는 다소 특별한 사교적 삶을 살았던 것 같다. 동아일보 창립자였던 인촌 김성수, 고하 송진우, 장면 등과 함께 어울리는 사교모임에 정례적으로 나갔다고 한다. 그들과 함께 맞담배를 하고 농(弄)을 주고받으며 주연도 마련했다. 기생 진향의 요정을 찾는 고위 정객이 여럿이었던 것으로 보인다. 미 군정기 3년이 지나고 자유당 정권이 시작되었을 때 강원도 홍천 출신의 국회의원 이재학(李在鶴, 1904~1973)이 진향의 요정에 자주 놀러왔다. 당시 국회 부의장이었던 그는 진향에게 연정을 느끼게 되었고, 두 사람은 결국 은밀하게 거처를 장만해서 둘만의 비밀살림을 차렸다. 말하자면 그의 첩실이 된 것이다. 이재학은 본가에 가지 않고 늘 진향에게 들러서 강연 원고를 작성하며 휴식을 즐겼다. 본가에서 이를 모를 리가 있겠는가. 이재학은 고도근시여서 두꺼운 안경을 끼고도 직접 원고를 쓰지 못했다. 이재학이 뒷짐을 지고 방안을 거닐며 연설문 초고를 소리 내어 구술하면 진향이 탁자 앞에 앉아서 이를 냉큼 종이에 옮겼다. 이재학은 진향이 연설문 원고를 읽으면 고칠 부분을 일러주곤 했다. 이런 생활이 약 3년간 이어졌다고 한다. 이재학은 마침내 진향과 헤어지게 되었을 때 진향에게 특별한 선물을 주었다. 그게 바로 성북동 길상사의 땅문서다. 그 부동산의 내력은 한국 현대사의 굴곡과 영욕을 고스란히 담고 있다. 일제 말 친일 부호의 별장이었던 그곳은 나라가 망한 뒤 조선총독부의 비밀 안가로 바뀌었다. 해방 후 미 군정기에는 미군 정보기관이 설치되었다가 자유당 정권의 출범과 더불어 비밀요정으로 둔갑했다. 엄정히 말하자면 해방 후 그곳은 국가 귀속 재산이 되었어야 마땅하다. 그런데 그곳을 당시 정부의 고위직 관리가 등기부 등본을 가지고 있다가 애인에게 선물로 준 것이다. 이런 온갖 사연을 지닌 옛 장소는 현재 사찰의 외형으로 그 모습이 바뀌었다.

자야 여사는 인생의 노년기로 접어들면서 옛 생각으로 사무치는 때가 많아졌다고 자주 말했다. 그 사무치는 일이란 지난 세월에 겪은 여러 일들 가운데 가장 순정했던 기억, 가장 고결했던 사람과의 만남, 끝내 약속을 지키지 못했던 아픈 다짐, 각별한 제의를 물리칠 수밖에 없었던 가슴 속의 쓰라린 상처 따위가 어찌 그리도 생생한 현실로 눈앞에 그대로 재현되는지 소스라쳐 놀랄 때가 많다고 말했다. 이 여러 가지 일 가운데 백석 시인과 이별한 것이 가장 사무치게 떠올라 밤마다 애간장을 끊는다고도 했다. 그것이 마치 최근의 일인 듯 눈앞에 생생히 떠올라 그대로 재현이 된다고 말했다.

갸륵한 기생 김진향

자야 여사의 또 다른 깊은 한은 김수정 언니의 인도 속에 어린 시절 집을 나와 기생 신분이 되어 어머니를 곁에서 모시지 못한 것이라고 한다. 어머니는 오래도록 결핵을 앓았고, 병은 점점 깊어져서 마침내 후두에까지 번져 세상을 하직하셨다. 빈방에서 혼자 앓고 계실 때 하루 일을 끝낸 딸이 과일이랑 인삼을 한 아름 안고 오던 그 순간을 어머니는 몹시도 기뻐하셨다. 얼굴이 점점 검게 타들어 가면서도 딸만 나타나면 생기가 나서 얼굴에 환한 웃음을 머금으셨다. 조선권번에서의 일과는 고단했다. 일을 마치면 발걸음은 저절로 한청빌딩 과일부로 향한다. 거기서 어머니가 좋아하는 과일을 한 아름 구입했다. 어느 날 딸이 과일 봉지를 안고 찾아오자 어머니는 자리에서 힘겹게 일어나 앉아 옷고름을 풀어헤치며 뼈만 남은 당신 앞가슴을 보여주셨다. 늑골 부위의 갈비뼈가 낱낱이 드러나는 것이 아닌가. 그 참혹한 모습을 보는 순간 눈물이 앞을 가렸다. 자야는 어머니 무릎에 엎드려 흐느껴 울었다. 어머니도 같이 울면서 딸에게 이런 하소연을 하셨다.

"내 병은 나날이 깊어만 가는데 너는 어린 것이 무슨 죄가 그리도 많아서 줄곧 이 어미의 병 수발을 한단 말이냐. 이제 나에게 남은 시간이 얼마 없으니 달리 할 말은 없다만 나는 네가 혼자 외톨이로 지내는 것이 가장 마음이 아프구나. 너를 이 꼴로 만들어놓고 내가 저 세상에 가서 네 아비를 무슨 면목으로 만난단 말이냐."

"제발 내 마지막 부탁이니 홀아비 된 달구지꾼이라도 괜찮아. 부디 짝을 만나서 네 가정을 이루도록 하여라."

자야는 어머니 가슴에 이런 한을 남겨드리고 세상을 떠나시게 한 것이 가장 깊은 한이라고 했다. 옛 신문을 더듬어보면 놀라운 기사를 여러 개 찾아볼 수 있다. 자야는 조선권번에서 지내던 19세의 동기(童妓) 시절부터 이미 기부 천사였음이 확인되고 있다. 1935년 12월 하순, 당시 발간되던 각종 신문에서 우리는 김진향 관련 기사를 쉽게 접하게 된다. 먼저 12월 24일 자 『조선중앙일보』 기사를 확인해보기로 하자. 앳된 모습의 진향 얼굴 사진과 함께 게재된 기사의 본문은 다음과 같다. 해당 신문은 몽양 여운형이 운영하던 언론 매체였다.

기생의 갸륵한 마음-추위와 기아에 떠는 이에게 금 65원을 희사(喜捨)

살을 에는 듯한 삭풍은 불어오건만 찬 구들장에 조석(朝夕)이 간데없는 불쌍한 그들을 위하여 적은 돈이나마 이것을 선처하여 주시오 하고 단잠 한잠 제대로 자지 못해가며 고달프게 벌은 돈 60여 원을 경찰에 위탁한 가상스러운 기생 하나가 있어 따뜻한 인정 미담의 한 페이지를 이야기하게 한다. 부내 인사동 253번지 조선권번 기생 김진향(19)은 25일 저녁 종로서를 찾아와 지난 일주일 동안에 벌은 화대(花代) 65원 32전을 내놓으며 불쌍한 이들을 위하야 적당히 써달라는 간곡한 말과 함께 돈 든 봉투를 내놓고 갔다는데 나중에 계원이 그것을 뜯어보니까 그 속엔 과연 정성과 다정한 마음이 엉켜진 60여 원 돈과 자기의 최근 심경을 그린 눈물겨운 동정의 편지 한 장도 들어있었다고 한다. 그리하여 동서에서는 이것을 감격한 중에 받아 24일 서장과 함께 의논을 하여 적의 처치하리라고 한다.(『조선중앙일보』기사)

이튿날『매일신보』와『경성일보』에도 기사가 실렸다. 『매일신보』기사는 진향이 보낸 편지의 일부를 소개했고, 『경성일보』는 '화제특급' 란에서 진향의 기부 액수만 밝혔다. 『매일신보』기사의 타이틀에 표현된 '홍군(紅裙)'이란 말은 '붉은 빛깔의 치마'란 뜻으로 아름다운 여인이나 기생을 일컫는 용어로 쓰였다. 『매일신보』에서는 기생 진향의 힘겨운 가정사를 소개하며 여학교에 다니는 동생 학비까지 감당하는 언니 진향의 갸륵한 모습을 보도하고 있다.

일주일 고생한 화대를 빈민에 희사한 홍군(紅裙)

적은 돈이나마 보태어 써주시오.

술 한 잔에 한숨 지으며 모은 돈 60여 원을 기한에 떨고 있는 동포를 위하야 희사한 가상한 기생이 잇다. 23일 오후 4시반경 부내 종로서에는 부내 인사동 253번지 조선권번 기생 김진향이 한 장의 편지와 현금 65원 32전을 동봉하야 보내엇다. 그 편지의 내용을 보면 다음과 같다.

'저물어가는 1933년의 연말을 당하얏습니다. 거리에서 기한에 떨고 있는 여러 동포들에게 저는 미성이나마 1주간 벌은 화대 65원 32전을 보내오니 암흑가에서 눈물 짓는 동족에게 나눠주십시오. 우리 기생들도 험한 세상과 싸우려고 세상 사람들이 손가락질하는 화류계의 몸이 되엇건만 눈물과 피가 잇스니 어찌 동족을 위하지 아니할 수 잇습니까. (下略)'

前記 김진향은 가족 8명을 그의 연약한 몸으로 벌어오는 시간대로 근근이 지나는 터인데 현재 그의 동생은 18

세 된 소녀로서 진명여고에 통학 중인 바 그의 학비도 보충하기에 남모르는 괴로움이 싸여 잇다고 한다.(『매일신보』기사)

한편 『조선일보』와 『동아일보』에도 기사가 실렸다. 내용은 거의 비슷하지만 약간씩의 차이가 있다. 그 기사 본문도 다음과 같이 소개한다.

일주간 화대 60원을 동정주간에 제공
기특한 기생 김진향

추위와 주림에 떨고 우는 가엽슨 사람들에게 다만 한 끼의 밥이라도 나누어달라고 일주일 동안의 행하(行下)를 경찰서 보안계로 가져온 마음씨 고흔 기생이 잇다. 부내 인사동 이백이십오번지 조선권번 기생 김진향은 23일 오후 종로경찰서 보안계에 나타나서 '길거리에서 입도 못하고 먹도 못하고 요새 가치 추운 날에 떨고 잇는 사람들의 정경을 볼 때마다 마음은 찢어지는 듯합니다. 얼마 되지 않는 것이지마는 이 돈은 밤마다 일주일 동안 새벽까지 술자리에 나가 받은 행하(行下)입니다. 다만 한 그릇이나마 따뜻한 밥을 그들에게 나누어주시오' 하고 정성들여 쓴 편지 한 장과 현금 육십 오원 삼십 이전을 내놓고 갔음으로 이 서에서는 그의 고혼 마음을 칭찬하는 한편 적당히 이 돈을 처치하기로 되엇다고 한다. (『조선일보』기사)

세말(歲末) 동정(同情)한 소기(小妓)

비록 기생의 몸이지만 이 추운 겨울에 먹을 것 입을 것 없는 가련한 사람들의 과동(過冬)을 동정하야 한 주일의 67시간 동안 번 화대 65원 32전을 종로경찰서에 간곡한 편지와 함께 의탁한 기생이 잇다. 그는 인사동 253번지 사는 조선권번 기생 김진향으로 그는 17세부터 기생생활을 하고 잇다고 한다. (『동아일보』기사)

당시 인기 잡지인『삼천리』를 운영하고 있던 파인 김동환 시인은 조선권번을 자주 들르면서 일찍부터 기생 진향을 눈여겨 지켜보고 있었다. 그녀의 글 솜씨가 뛰어나다는 평을 들었기 때문이다. 어느 날 김동환은 진향과 담화를 나누던 중 불쑥 한 편의 수필을 써보라고 제의했다. 자신이 운영하는 잡지에 그 글을 발표하고 싶다는 말을 했다. 진향은 문인이 아니라며 줄곧 거절했다. 하지만 파인이 워낙 집요하게 요청하는 바람에 결국 수락하고 말았다. 그렇게 해서 3편의 글을 써서 김동환에게 전했고, 그 수필은 잡지『삼천리』에 김숙(金淑)이란 필명으로 당당히 게재되었다. 이는 수필가로서의 등단을 의미한다. 그 글의 제목은「눈 오는 밤」,「덕왕(德王)의 인상」,「취객」등이다.

짧은 수필인「눈 오는 밤」의 본문은 다음과 같다.

그해 겨울, 나는 명월관을 다니고 있었다. 며칠 전부터 내리고 쌓이고 한 눈이 길바닥에 그득하였다. 그 눈을 사람들이 밟고 다닌 자리는 반들반들 윤이 나서 무척 미끄러운 얼음판을 만들었다. 한편에 수북한 눈은 솜이불처럼 두툼하게 쌓여서 결코 녹지 않을 것처럼 보였다.

이런 어느 늦은 밤이었다.

나는 평소와 다름없이 어머니께 드릴 과일을 사러 한청 빌딩 앞에서 하차하여 조심조심 발걸음을 재게 디디며 과일가게 앞으로 다가가고 있었다. 어떤 중년 남자 하나가 몸을 제대로 가누지도 못하며 미끄러운 빙판길을 간신히 걸어오는 모습을 보았다. 그의 모습은 흡사 어름사니 광대가 밧줄을 타듯 몸을 휘청거리는 모양이 너무나 아슬아슬해 보였다. 그 남자는 자기 딴에도 조심하면서 오다가 내 옆을 스치듯 기우뚱거리며 지나가더니 기어코 그 눈길에 미끄러졌다. 그 남자는 '콰당' 하는 소리가 들릴 만큼 세게 쓰러지며 외마디 비명을 지르더니 마치 무슨 총 맞은 짐승처럼 풀썩 미끄러지고 말았다. 그 남자는 길게 누워서 아예 일어나지도 못했다. 나는 너무도 뜻밖에 당한 일이기에 어안이 벙벙해져서 멍하게 서 있을 뿐이었다.

그런데 쓰러진 그의 오버코트 호주머니에서는 난데없이 노란 귤이 또르르 굴러 나오는 것이 아닌가. 하얀 눈 위에 쏟아진 귤! 그것은 그대로 한 폭의 아름다운 그림이었다. 아, 나는 그를 단순히 주정뱅이로만 생각했다가 한순간에 어떤 충격 같은 것을 느꼈다. 저 남자는 저처럼 취한 중에서도 자기 가정을 생각해서 사랑하는 가족들에게 갖다주려고 귤 봉지를 호주머니 속에다 갈무리해 두었던 것이다. 가장으로서의 책임감과 따뜻한 사랑이 깃들어 있는 온정. 그것을 보는 순간 나는 그 남자가 필시 한 사람의 선량한 가장일 것이라는 사실을 확인했다. 나는 그날 밤, 과일을 사서 집에 돌아가다가 쓰러진 취한의 모습에서 참으로 많은 것을 느꼈다.

　- 김진향, 「눈 오는 밤」, 대중잡지 『삼천리』(1939. 6.)

　이 글을 읽은 문단의 인사들이 자야 여사에게 등단에 대한 축하와 찬사를 보냈다. 기생 신분으로 이렇게 글을 써서 문학지에 발표하였으니 장안의 화제가 될 법도 했다. 어느 짓궂은 문인은 귤 따위는 매일 밤 사서 보내줄 터이니 자기와 특별한 친구가 되자는 농담도 했다. 세상 사람들은 이후로 자야를 '문학기생'이란 말로 불렀다.

　이런 여러 옛 자료를 통해 보더라도 자야 여사의 타고난 품성은 이타적(利他的)이고 따스한 온정으로 가득했

던 듯하다. 삶이 언제나 고단한 빈민들에 대한 긍휼(矜
恤)과 연민의 마음을 늘 가지면서 그들을 돕겠다는 자세
를 지니고 있었다. 이렇듯 사람은 그 근본 성정을 타고나
는 것으로 보인다.

자야 여사와 함께 보낸 나날

    자야 여사는 나를 자주 서울로 초청했다. 지방에서의 삶이 심심할 터이니 서울 시내와 근교의 여러 명소를 두루 탐방하는 것도 글쓰기에 도움이 될 것이라고 말했다. 그렇게 해서 서울로 올라와 서울 나들이를 했는데 그때 그녀와 함께 다닌 곳은 남한산성, 행주산성 등과 서울의 여러 고궁이다. 집에 함께 거주하고 있는 찬모의 아들이 자동차를 몰았다. 이렇게 다닐 때는 일부러 명성이 높은 서울의 음식점을 찾아가 자야 여사와 함께 식사했다. 그녀는 항상 내 앞에 바싹 다가앉아 어머니처럼 다정하게 이런저런 음식들을 권했다. 일부러 젓가락으로 반찬을 직접 집어서 내 밥그릇 위에 얹어주기도 했다. 어찌 이리도 자상하고 친절하신지 물어보면 늘 "나는 귀하를 백석 시인처럼 대하는 것이니 그렇게만 아시우."라고 말했다.

자기가 평생토록 갈망했던 백석 시인의 시전집을 발간해주었으므로 그 은혜에 대한 보답이라고도 말했다. 이렇게 점점 친밀해지게 되면서 처음 만났을 때의 어색함이나 어려움은 점점 없어지고 마치 오래전부터 친하게 정분을 나누었던 친구나 형수 같은 느낌이 들기도 했다. 내가 서울에 가면 거처할 곳이 없다는 것을 알고 있는 자야 여사는 꼭 자기 집에서 묵어갈 것을 요청했다. 나는 그 댁에 가면 아파트 현관 왼쪽의 바로 첫째 방에서 지냈다. 넓은 방에는 정갈한 이부자리가 깔려 있었고, 윗목에는 두 대의 장구가 징 하나와 함께 놓인 것이 보였다. 백동으로 제작된 재떨이도 그 옆에 놓였다.

이부자리가 깔린 벽에는 영남의 유명했던 서화가 석재(石齋) 서병오(徐丙五, 1862~1935)의 대나무를 그린 열두 폭 병풍이 펼쳐져 있었는데 내가 밤이 깊어서 잠자리에 누었다가도 다시 일어나 그 병풍의 붓 솜씨를 가까이 들여다보며 자주 탄복했다. 그의 다른 아호로는 석재거사

(石齋居士), 석과(石果), 죽서도인(竹書道人), 청전(青篆) 등을 쓰기도 했다. 청년 시절 흥선대원군 이하응의 문하에 드나들며 서울 지역의 여러 문사와 교류하기 시작했다. 20세기 초반에는 중국 상하이(上海)로 건너가 당시 거기서 망명 생활을 하고 있던 민영익(閔泳翊)과 가깝게 지냈다. 민영익의 소개로 중국의 서화가들과도 친교를 나눴다. 그때 포화(蒲華), 오창석(吳昌碩) 등과 친밀한 사이가 되었고, 그들의 화법에 많은 영향을 받았다. 특히 포화의 문인화법에 공감해서 그 영향을 받은 덕에 묵죽(墨竹) 등의 사군자를 많이 그렸다. 서병오의 글씨는 매우 격조 있는 행서(行書)로 다가온다. 줄곧 대구 일대에서 거주하면서 영남을 대표하는 서화가로 이름을 날렸다. 1922년 교남서화연구회(嶠南書畫研究會)를 만들고 회장으로 여러 재능 있는 제자들을 양성했다. 서동균(徐東均), 김진만(金鎭萬), 배효원(裵孝源), 성재휴(成在烋) 등이 스승의 필법을 이어나갔다.

석재 서병오 선생의 문인화에 대한 명성은 진작 들은 바가 있지만 내가 이렇게 직접 대면한 것은 처음이다. 그

방에서 잠이 드는 밤에는 반드시 병풍에 그려진 석재의 필법을 찬찬히 음미하면서 눈으로 선을 따라가는 행복감을 누릴 수 있었다. 그 귀한 병풍의 아래쪽 여러 군데에 어린아이의 낙서가 있었고, 또 구멍이 여러 군데 뚫린 것을 보았다. 자야 여사에게 그토록 귀한 문화재급 보물에 누가 상처를 내었느냐고 물으니 미국 손자가 한국에 왔다가 그렇게 연필로 마구 구멍을 내고 낙서를 했다고 말했다.

어떻게 그림이나 글씨를 그토록 좋아하느냐고 하면서 다음 날 저녁에는 한 아름의 두루마리를 벽장에서 꺼내와 방바닥에 와르르 펼쳤다. 그것은 모두 지난날 이른바 이 나라의 명망 높은 위인들이 요정에 놀러왔다가 취중에 지필묵(紙筆墨)을 가져오라 해서 붓을 마구 휘두른, 술자리의 흔적들이었다. 오래된 글씨와 그림이 무척 많았다. 자야 여사는 그림이나 글씨를 하나씩 손가락으로 가리키며 그것을 쓰고 그린 작가에 대한 추억 이야기를 들려주었다. 일찍이 조선권번 시절, 사회적 지명도가 높은 명사들이 권번을 찾아오면 으레 기생 진향에게 그들을 영접하라는 지시가 내려졌다. 그들과 함께 농담과 수작을 주고

받을 인문학적 교양을 갖춘 기생이 별로 없었기 때문이다. 대개 명사란 사람들, 특히 화가나 서예가들은 한 잔 술이 거나해질 때 반드시 자신의 존재감을 남기려고 한다. 그 가장 보편적인 방법이 필묵(筆墨)이다. 글씨나 그림을 남기는데 취기 끝에 그냥 붓을 휘두르는 호기로움이 엿보이긴 하지만 거기에는 혼신의 정성과 격조가 없다. 정규 작품이 아니므로 수결(手決)이나 낙관(落款)은 절대로 찍지 않았다. 이런 작품들을 자야 여사는 오랜 세월 동안 버리지 않고 고스란히 간직해온 것이다.

그날 그 자리에서 나는 소전 손재형, 월전 장우성의 서예 작품을 보았다.

전남 진도 출생의 손재형(孫在馨, 1903~1981)은 아호가 소전(素田, 素荃, 篠顚, 篠田)이다. 이 여러 가지 아호 가운데 '소전(素荃)'을 가장 즐겨 썼다. 당호(堂號)는 옥전장(玉田莊), 봉래제일선관(蓬萊第一仙館), 존추사실(尊秋史室), 문서루(聞犀樓), 연단자추실(燕檀紫秋室), 숭완소전실(崇阮紹田室), 호석연경실(好石硏經室), 방한정(放鷳亭), 옥소정(玉素亭) 등으로 다양하게 썼다. 당호에서도 그렇지만 소전은 추사 김정희의 필법에 깊은 감화를 느껴 그 후계자가 되려는 포부를 지녔다. 유년 시절부터 조부에게서 한학과 서법을 익혔고, 중국의 금석학자인 나진옥(羅振玉)에게도 수학했다. 1924년 제3회 선전(鮮展)에서 그의 작품이 처음으로 입선했고, 이후 제10회 선전에는 특선을 차지했다. 한국에서 '서예'라는 말을 창안한 인물이다. 중국 황정견(黃庭堅)의 해서와 행서체를 즐겨 쓰다가 오랜 수련 끝에 마침내 소전체(素荃體)라는 서체를 완성하게 되었다. 그의 글씨는 기교가 두드러지고 전서(篆書)에 특별한 경지를 보였다.

이 손재형이 자야 여사의 요정을 자주 찾았다고 한다. 술에 취하면 필묵을 갖고 오라 해서 먹을 갈아 여러 사람이 보는 가운데 쓴 글씨를 선물로 주곤 했다. 소전은 이렇게 술집에서 장난삼아 쓰는 글씨에는 절대로 낙관을 찍지 않았다. 소전 선생이 자야 여사에게 써준 글씨에는 '시와 술과 풍류와 더불어 흘러간 세월'이란 뜻의 한문 글귀가 있었다. 그 글귀는 지금 떠오르지 않는다.

또 다른 하나는 화가 월전(月田) 장우성(張遇聖, 1912

~2005) 화백의 글씨가 있다. 그는 충북 충주 출생이다. 이당(以堂) 김은호(金殷鎬, 1892~1979) 화백의 문하생으로 들어가 낙청헌에서 채색 공필화법을 배웠고, 일제강점기에 조선미술화전에서 여러 차례 입상했다. 광복 이후에는 한국 전통 수묵화의 발전을 위해 노력했다. 현대적이면서도 한국적인 수묵화의 창조를 늘 강조했다. 이순신 장군의 표준영정은 그의 작품이다. 장우성 화백도 자야 여사의 요정에 단골손님으로 자주 왔다. 그는 술만 취하면 기생들의 치마폭에다 모란꽃 그림을 자주 그렸다. 진향의 치마에도 그렸는데 그 모란꽃 치마가 어디로 갔는지 찾을 길이 없다고 했다. 장우성 화백은 화가이면서도 글씨를 썼다. 그가 자야 여사에게 서준 글씨는 '산고수장(山高水長)'이다. 덕행이나 지조의 높고 깨끗함을 산의 높음과 강물의 긴 흐름에 비유하여 이르는 글귀다. 고결한 사람을 이르는 말이다. 중국 송나라 범중엄(范仲淹, 989~1052)의 '동려군엄선생사당기(桐廬君嚴先生祠堂記)'에 등장하는 한 대목이다.

구름 낀 산이 푸르고 강물은 깊고 넓도다

선생의 유풍은 산처럼 높고 저 물처럼 장구하리라

(雲山蒼蒼 江水泱泱, 先生之風 山高水長)

흔히 서예가들이 즐겨 쓰는 화제 가운데 하나라 할 수
있다. 자야 여사는 그 많은 글씨 가운데 마음에 드는 것 하
나만 골라서 가지라고 했다. 나는 이 '산고수장'을 선택했
다. 보통 서예가들의 글씨와는 다르게 어떤 그림 같다는
느낌이 들 정도로 시각적 상상력을 솟아나게 하는 필법이
었다. 나는 이 글씨를 갖고 와서 액자로 만들어 내 집 거
실의 벽에 걸어두고 즐겨 감상했다. 내가 경북 경산 고죽
리의 농가에 거주할 때에도 그곳 한옥의 방 벽에 걸어서
틈만 나면 즐겼다. 구름이 흘러가고 바람이 불어서 풍경
소리가 요란한 날에는 그 글씨가 마치 살아서 꿈틀거리는
듯한 느낌도 들었다.

그때 자야 여사의 댁에서 보았던 다른 하나의 글씨는
만주국 마지막 황제 푸이(溥儀, 1906~1967)의 글씨였다.
그의 한자 이름은 애신각라 부의(愛新覺羅溥儀)다. 청나

라의 마지막 황제로 정식 명칭은 선통제(宣統帝)다. 황제로 재위했던 기간은 불과 4년이었고, 1934년 일제의 괴뢰국인 만주국이 세워지자 그때부터 대동왕(大同王) 강덕제(康德帝)라 불렸다. 1930년대 후반 푸이가 일본을 방문한 뒤 돌아오는 길에 경성을 찾았는데, 그때 기생 진향이 푸이를 영접했다고 한다. 푸이가 진향에게 글씨를 써주었는데 '발전(發展)'이란 두 글자였다. 내용도 그렇고 글씨도 그저 평범할 뿐 잘 쓴 글씨가 아니었다. 하지만 이 글귀가 무엇을 의미하는지 전혀 짐작할 수 없었다. 대체 무슨 발전인가. 무엇을 위한 발전인가. 조선권번의 발전을 기원한다는 뜻인가? 아니면 기생 진향의 삶에 발전을 기원한다는 뜻인가? 아니면 식민지 조선과 만주국의 관계가 발전하기를 바란다는 뜻인가? 일생토록 온갖 사연과 음모와 시련으로 가득했던 푸이의 음울하고 파란만장했던 생애에서 이 '발전'이란 글귀가 의미하는 것이 무엇인지 도무지 감이 잡히지 않았다. 자야 여사는 이따금 내 가족을 서울의 당신 댁으로 불러올렸다. 그때 내 아이들은 아직 어렸다. 길상사로 바뀌기 전에 대원각을 가서 이곳저곳 둘러보고, 일부러 남산 하이야트호텔의 중식당에 가서 아이들이 좋아하는 맛있는 식사를 사주시기도 했다. 지금도 그 따뜻한 정성을 못내 잊을 수 없다.

내 시골집으로 오신 자야

자야 여사와 만난 10년 동안 내가 주로 서울의 자야 여사 댁으로 찾아갔었다. 여사가 나의 집을 방문한 것은 모두 세 차례 정도다. 한번은 동부이촌동 댁에서 만나 함께 식사를 나눌 때 내가 불쑥 말했다.

"제가 사는 곳에도 와보셔야지요."

이 말에 자야 여사는 환히 웃음을 짓더니 초청만 해주면 기꺼이 가겠노라고 했다. 그래서 1993년 4월 무렵에 오시면 좋겠다고 제의했다. 이에 그녀는 아주 기쁜 목소리로 가서 만나자고 했다. 무슨 선물을 갖고 가면 좋겠느냐고 물었다. 그래서 나는 "선물은 무슨 선물입니까. 그냥 몸만 오시면 된답니다. 아무 신경도 쓰지 마셔요."라고 말했다.

　나의 이 말에도 자야 여사는 첫 방문에 가지고 갈 선물에 몹시 마음을 썼던 듯하다. 당시 나는 경북 경산의 용성면 고죽리에 농가 한 채를 구해서 틈만 나면 그곳을 다니며 전원생활을 즐겼다. 경산은 과일이 많이 나는 지역이다. 복숭아, 포도, 대추, 자두 등속이 지천을 이룬다. 그러니 봄소식은 화사한 복사꽃이 먼저 전한다. 4월 하순이면 복숭아나무에 꽃봉오리들이 오망졸망 달려서 봄비에 촉촉이 젖어 있다. 이윽고 비도 그치고 날이 개면 온천지에 환한 등불을 밝힌 듯 복사꽃이 만발한다. 어둡고 침침하던 분위기의 농촌 마을도 이때만큼은 아름답고 포근한 꽃 기운으로 가득하다. 지역의 농민들은 한창 농사 준비에 바빴다. 이 복사꽃이 만발한 시기에 자야 여사를 초청했다. 자야 여사는 항공편으로 대구공항에 도착했다. 자야 여사와 만나서 경산 고죽리의 시골집으로 가는데 연신 감탄사가 나온다. 무엇이 그리도 감탄할 만한 것이냐고 물으니 그저 봄이 와서 너무 좋다고 말한다.

　"내가 이 봄을 앞으로 몇 년이나 더 보리오. 그래서 나는 올해의 봄이 그렇게도 감격스럽답니다."

그렇게 말을 하는 자야 여사의 모습은 연분홍 복사꽃 빛으로 발그레 달아올랐다. 귀빈이 내 시골집을 찾는다고 해서 나는 한 주일 전부터 집안 구석 먼지를 닦아내며 부산을 떨었다. 그리고 여러 가지 식재료도 갈무리해 두었다. 당시 내 시골집은 지역의 김해 허씨 문중에서 일으켜 세운 종가(宗家)였다. 잘 지은 건축물은 아니지만 농가로서는 제법 작지 않은 규모였고, 나는 본채의 방 두 칸과 마루, 그리고 부엌까지 모두 벽을 쳐서 하나의 커다란 방으로 만들었다. 방에 들어가면 마치 전차의 내부처럼 길게 느껴지고 방안 천장은 서까래가 그대로 드러나도록 수리했다. 더운 날 방바닥에 누워서 천장을 보면 마치 고래의 뱃속에 들어와 있는, 피노키오와 같은 심정이 들 정도였다. 그 서까래는 일정하게 가지런하지 않고 제멋대로 구불구불 불규칙하게 뻗은 것이어서 보면 볼수록 시각적으로 끌렸다. 그 서쪽 벽으로는 자야 여사 댁에서 모셔온 월전 장우성 화백의 글씨 '산고수장(山高水長)'을 액자에 담아서 가로로 길게 걸어놓았다. 부엌으로 통하는 출

입문에는 소의 목에 다는 워낭을 걸어서 문을 여닫을 때마다 기이한 소리가 났다. 동쪽 벽에는 집안 대대로 전해져 내려오던 고서(古書)를 쌓아두었고, 대학원 시절부터 모아온, 등 표지가 누렇게 변색된 옛 시인들의 시집이나 문집은 서가에 꽂아 놓았다. 또 그 한쪽으로는 빅타레코드사에서 제작한, 100년이 훨씬 지난 축음기가 한 대 놓여 있었고, 그 옆으로는 내가 수집해온 천 장이 넘는 오래된 SP 음반들이 비치되어 있었다. 자야 여사는 그 음반과 축음기, 고서들에 큰 관심을 보였다. 나는 그 가운데서 특히 자야 여사가 좋아할 만한 국악 음반들을 꺼내어서 하나씩 보여주고 설명했다. 그녀는 그 가운데서 특히 이난향, 김수정, 장학선, 이화중선 등의 가객들 목소리가 담긴 음반을 보면서 무척이나 감개무량해했다. 내가 그 음반들을 축음기에 걸어 소리를 직접 들려주니 눈을 지그시 감고 "아, 이게 얼마 만에 들어보는 그리운 선배님들의 목소리인가." 하면서 눈물을 글썽였다. 일제강점기에 발간된 시인들의 시집들을 돋보기를 끼고 가까이 들여다보면 한 사람씩 그 시절의 어렴풋한 추억들이 떠오른다고 말했다.

기왕 분위기가 무르익은 김에 나는 옆에 얹힌 아코디언을 둘러메고 내가 평소 즐겨 연주하던 '목포의 눈물', '찔레꽃', '황성옛터' 등을 메들리로 들려드렸다. 그때 자야 여사는 함박꽃처럼 활짝 웃으면서 기쁨에 찬 표정을 지었다.

"내가 이 선생 댁을 오기를 참 잘했어요. 이렇게 귀한 경험을 하게 될 줄은 정말 뜻밖이로군요. 나의 그 시절 옛날로 돌아간 것만 같구려."

나는 자야 여사가 내 집을 방문하게 되었을 때 보여드리려고 『백석시전집』의 가본(假本)을 꺼내어 앞에 놓았다. 그것은 정식 시전집의 출판을 앞두고 내가 손으로 제작한 책이다. 처음에는 그게 무엇인지 영문도 모르고 한 장씩 펼치다가 지난날 신문이나 잡지에 발표된 백석 시인의 시 작품 원문인 것을 알고는 또다시 눈물을 지었다. 그 시 작품에 곁들여져 있는 옛 삽화를 사랑스럽게 손바닥으로 쓰다듬기도 했다. 추억이란 이렇듯 아프고 쓰라린 옛일을 떠올리게 하기도 하지만 사랑스럽고 달콤하던 기억들도 소환해서 생생하게 재생시켜 주는 것이다. 자야 여사는 그저 모든 것이 기쁘고 신명이 나서 어린아이처럼 즐거워했다.

"참 깜빡 잊었구려. 내가 준비해온 선물 보따리를 끌러
보아요."

공항 트랩을 나올 때 꽤 무거운 짐 보퉁이가 있어서 그
러지 않아도 궁금했었는데 그건 나에게 주려고 갖고 온
선물이었다. 묵직했다. 누런 종이로 빈틈없이 둘러싼 포
장을 벗겨내니 뜻밖에도 현판 두 장이 모습을 드러낸다.
하나는 제법 크고, 다른 하나는 그보다 조금 작다. 큰 현
판에 새겨진 글씨는 '고죽산방(孤竹山房)', 작은 현판에 새
겨진 글씨는 '만오독지(晩悟篤志)'였다. 당시 내가 살던 그
시골의 지명은 특이하게도 외로울 고(孤) 자가 들어가는
고죽리다. 그래서인지 그곳은 이름 그대로 몹시 고적한
느낌이 드는 쓸쓸한 마을이다. 그런 곳에 들어가 사는 나
에게 자야 여사는 내 시골집 분위기의 풍류를 드높여주려
고 이런 현판을 준비한 것이다. 그 정성스러운 배려가 얼
마나 고마운가. 현판의 글씨는 어느 사찰의 승려가 쓴 것
이라고 하지만 작가의 이름은 확인하지 못했다. '만오독
지'는 퇴계 선생이 사랑하던 글귀다. 한때 자야 여사가 옛

글귀 중에서 마음에 새긴 것이 있느냐고 물었을 때 내가 이 글귀라고 답했다. 그것이 진작 현판을 새기려는 깊은 뜻이었음을 뒤늦게 알았다. 점심을 완전 영남 지역의 농촌 방식으로 된장에 호박잎 쌈, 삶은 감자, 고춧잎 무침 따위를 준비했는데 무척이나 맛있다며 반색했다. 맛이 없는 것도 맛있다며 감탄하는 표정을 지었다. 식사 후 나는 자야 여사와 함께 자동차로 용성면의 여러 시골길을 두루 다녔다. 매남리, 곡란리, 육동리 마을 등은 마치 강원도의 산골처럼 고적하고 적막감마저 드는 곳이다. 자야 여사는 무엇 하나라도 그냥 지나치지 않고 새삼스럽게 의미를 되새기며 즐거워했다. 특히 자야 여사와 함께 가서 거닐던 반곡지(盤谷池)에서는 거울 같은 수면 위에 거꾸로 비친 물버들 고목의 장관에 감탄사를 연발했다. 그곳은 사진을 찍는 사람들이 즐겨 찾는 전국적 명소이기도 하다.

"아무튼 이제 첫 행차를 하셨으니 앞으론 더 자주 오셔요. 비경을 보여드릴 테니."

그 첫 방문에서 무척이나 행복감을 느꼈던 것 같다. 두고두고 좋은 여정이었다며 칭찬을 거듭했다. 해가 저물어가는 저녁나절, 자야 여사는 고죽리 시골집 방바닥에 삿자리를 깔고 누운 채로 손바닥으로 방바닥을 가볍게 치며 장단을 맞추었다. 내가 옆에서 가만히 들으니 여창가곡의 장단이었다. 시원하게 나오지 않는 목소리로도 가곡의 한 자락을 부르며 장단을 맞추는 것은 기분이 몹시 좋다는 것을 의미했다. 가장 즐겁고 기쁠 때 이런 모습이 자연스럽게 빚어져 나온다. 그런 광경을 보는 시간도 흐뭇하고 즐겁기만 했다.

그 후로도 경산의 고죽리 시골집을 두 차례 더 다녀갔던 것으로 기억된다. 이 경산 방문 이후 자야 여사는 나와 내 가족들을 더욱 친근하게 대하는 듯했다. 아무 때건 편하게 전화를 걸어왔고, 언제나 서울을 다녀가라고 말했다. 다음에 오면 대원각을 구경시켜 주겠다고 했다.

잊을 수 없는 추억의 파노라마

　자야 여사는 나이 고희를 넘어서 팔순이 가까울 때부터는 밤에 잠을 자지 않고 꼬박 지새는 때가 많았다. 대부분의 사람은 늙으면 밤잠이 없어지고, 일찍 초저녁잠이 들었다가 이른 새벽에 깬다고 들었는데 자야 여사도 그런 것인지 몰랐다. 동부이촌동 빌라맨션 2층 거실을 지나 안쪽으로 가면 자야 여사의 커다란 방이 있다. 자개장롱이 뒤로 펼쳐져 있고, 그 앞으로는 역시 자개 장식의 난간이 달린, 고풍스러운 침대가 하나 놓여 있다. 침구는 늘 펼쳐져 있다. 침대 난간에는 벨 단추가 달려 있었는데 그 벨을 누르면 즉시 늙은 찬모가 빠른 걸음으로 달려왔다.

　"부르셨어요?"

그때 찬모에게 시키는 일이란 대개 별것도 아니다. 거실에 두고 온 어떤 물건을 가져다 달라든가 지난달 세금이나 아파트 관리비를 냈는지 확인하는 일 따위다. 아니면 어느 지인에게 전화를 걸어서 그 유선전화기를 갖다 달라는 부탁 따위다. 침대 옆에는 타구(唾具)도 놓여 있었는데 처음엔 그게 무엇인가 했다. 하얀 사기로 제작된 둥근 원통형의 그것은 자야 여사가 가래침을 뱉을 때 쓰는 도구다. 노인이 감기가 들거나 하면 꼭 천식으로 이어져서 기침이나 가래가 심하게 나오곤 했다. 기침할 때마다 기관지벽의 평활근이 수축되고 기관지의 관이 부풀어 오르며 기관지샘에서 점액이 과다하게 분비된다. 이것을 삼키지 않고 늘 뱉어내어야 하는데 자야 여사는 그때마다 벨을 눌러 찬모를 불렀다. 침대 아래쪽의 타구를 자기 곁으로 옮겨달라는 부탁이다. 등이 굽은 찬모는 자야 여사가 평생토록 함께 데리고 다닌, 가족과도 같은 사람이다. 집안의 잔심부름에서부터 어딘가로 외출할 때 의복 시중, 미국 등의 해외에서 여행을 하게 될 때 가방과 그 내부의 의복 등속을 갖추어 챙기기, 청소 등등 모든 것을 그녀가 도맡아서 집행했다. 물론 주방에서 하는 요리도 모두 찬모가 도맡았다. 정확한 나이는 모르지만 자야 여사보다 몇 살 아래로 보였다. 그 두 사람은 같이 늙어가는 할머니였다. 찬모는 자야 여사에게 충직하기가 그지없었다. 그것은 평생토록 함께 살면서 형성된 둘만의 관계이자 방식이었다.

자야 여사의 안방 바닥에는 두툼한 방석이 두 개가 있었다. 하나는 화투가 없던 방석이고, 다른 하나는 여사가 화투칠 때 앉는 깔 자리였다. 자야 여사는 잠 오지 않는 새벽, 늘 그 방석에 앉아서 혼자 화투로 놀았다. 자야 여사가 오랜 시간 화투 패를 떼는 까닭은 1솔과 2매조 두 장이 마지막으로 남는 가장 길조의 화투 패를 만나려는 기원과 갈망 때문이었다. 새 두 마리가 서로 만나는 패가 최고의 멋진 패라 일러주었다. 한 마리 새는 본인이지만 그러면 다른 한 마리 새는 과연 누구였을까? 백석 시인을 그 다른 한 마리 새로 여겼던 것일까. 식민지시대에 일본에서 화투가 전해진 뒤로 여러 방식의 화투놀이가 조선에서 생겨났다. 여럿이 함께 노는 방식이 가장 일반적이고 흔

했지만 사람들은 혼자서 노는 패떼기 놀이도 즐겼다. 화
투 패를 떼어서 그날이나 미래의 운수를 미리 점치는 것
이다. 자야 여사가 놀던 패떼기의 진행 방법은 대체로 다
음과 같다.

잘 섞은 화투 패를 4장씩 네 줄로 늘어놓고 나머지 손에
든 화투를 한 장씩 펼쳐서 확인하며 짝을 맞춘다. 바닥에
패를 내려놓은 채 나머지는 손에 모아 쥐고 한 장씩 뒤집
으며 내려준다. 이때 같은 모양이 나오면 빼준다. 좌우 끝
에 있는 패와 위의 패가 서로 같거나 위의 패를 뒤집어서
같은 모양이 나올 때, 연속된 패가 나란히 나올 때에는 짝
이 맞는 두 장을 모아서 위로 빼어 가지런히 올려놓는다.
위에 빼두는 패도 네 무더기씩 따로 나누어두는데 순차적
으로 이것을 확인해서 모아둔다. 패를 모두 맞추고 나면
네 개의 뭉치가 생긴다. 뭉치별로 같은 모양 4장의 패가
들어있는 것이 바로 그날의 점괘다. 이 화투 점의 해석 방
식이 재미있다.

1월 학이 뜨면 아기이거나 어떤 기쁜 소식이다. 2월 매
조가 뜨면 이성, 애인을 만날 수 있다는 징조다. 3월 벚꽃

이 등장하면 만남, 데이트, 여행이나 외출을 암시한다. 4월 흑싸리는 별로 반갑지 않다. 왜냐하면 괜한 구설에 휘말릴 위험이 있다는 것을 암시하기 때문이다. 사람이 살다 보면 얼마나 많은 구설에 휘말리게 되는가. 5월 창포는 음식이나 국수를 먹을 일이 생긴다는 반갑고 즐거운 징표다. 6월 모란은 기쁨과 관련한 예언적 통지다. 7월 멧돼지는 뜻밖의 행운이 찾아온다는 것을 암시한다. 8월 달이 뜨면 그것은 밤의 평화를 의미한다. 9월 국화는 술로 해석되었다. 술을 좋아하는 사람들에게는 이보다 더 반가운 암시가 있을 수 없다. 10월 사슴은 반갑지 않다. 그것은 걱정이나 근심을 휘몰아온다는 것을 암시하기 때문이다. 그래서 주변과 자신의 삶을 다시 조심스럽게 돌이켜보게 된다. 11월 오동은 돈이 생길 수 있다는 암시이니 이 또한 반갑다. 세상에서 돈보다 더 즐겁고 풍성한 행운이 어디 있겠는가. 12월 비는 손님으로 해석되었다. 중절모와 우산을 쓰고 찾아오는 어떤 방문객의 그림이니 내 집에 올 손님이 누구일까 미리 짐작해보는 것이다.

화투로 하루 점을 치고 앞으로 일어날 운세를 예견하

는 이런 민간에서의 보편적 방식은 흥미롭다. 자야 여사는 이 화투 패떼기를 줄곧 반복해서 놀았다. 내가 어쩌다가 서울로 찾아가는 날이면 나를 안방으로 불러서 민화투를 쳤다. 대개 한 점에 100원을 걸고 내기 화투를 치는 것이다. 자야 여사는 이를 위해 빈 화장품 통에다 100원짜리 동전을 한가득 준비해 두었다. 화투놀이에 언제나 미숙한 나는 판판이 패배할 수밖에 없었다. 화투를 치는 스타일을 보니 평생 학자나 샌님으로 살아갈 수밖에 없다는 것을 알게 되었다며 자야 여사는 자주 웃었다. 나는 자야 여사의 그런 소탈한 모습을 보는 것이 즐거웠다.

어느 초겨울로 기억된다. 자야 여사는 오늘 특별한 곳을 같이 찾아가 보자고 했다. 그곳이 어디인지는 미리 알려주지 않았다. 청진동의 어느 길가에 자동차를 세우고 나는 여사를 따라 그녀가 인도하는 대로 걸어갔다. 어느 후미진 골목인데 서울 종로 뒷골목이 대개 그렇듯이 그곳도 좌우에 식당 간판이 걸려 있고, 대부분의 한옥이 식당으로 바뀌어 있었다. 하지만 비록 낡았으나 재목이나 앉음새를 보면 예전엔 제법 맵시 있고 태깔이 나는 그런 건물이었을 것이다. 자야 여사는 어느 작은 한옥 앞에 서서 물끄러미 담장 너머로 그 집의 추녀와 지붕을 바라보았다.

"바로 이 집이야."

1930년대 후반, 백석 시인과 함께 살던 집이 바로 그곳이라고 말했다. 함흥에서 두 해를 살았고, 자기가 몰래 함흥을 떠나온 뒤 백석도 곧 뒤따라 도망치듯 함흥을 떠나와서 같이 한 집에서 부부처럼 살았다. 저녁이면 서울의 친구들이 놀러 와서 함께 술을 마시고, 문학과 예술 일반을 논했다. 온갖 사랑의 애틋한 사연들이 아직도 숨어 있을 것만 같은 비둘기 집처럼 자그마한 한옥. 하지만 그 집의 대문은 굳게 잠겨 있었으며 안에는 인기척도 느껴지지 않았다. 간판의 흔적을 보니 아마도 보신탕을 끓여서 팔았던 식당이었던 것 같다. 그런데 장사가 되지 않으니 간판을 내리고 문을 닫아건 상태로 여러 해를 보냈다. 이 집에서 그 옛날 영혼이 순정했던 한 시인과 기생이 사랑의 달콤한 시간을 보냈던 그 집이었음을 아는 사람은 아무도 없다. 자야 여사가 그날 나를 데리고 그 집을 함께 가보지

213

않았더라면 전혀 알려지지 않았을 그 집. 이제는 청진동 일대가 모두 빌딩 숲으로 바뀌는 통에 그때 가본 한옥도 여지없이 사라져 버린 상태다.

또 한 번은 자야 여사가 경복궁 앞쪽 한국일보 옆길로 나를 데리고 가서 작고 아담한 한옥 하나를 보여주었다. 나를 왜 거기 데리고 갔는지는 지금도 알쏭달쏭하다. 그 냥 집 자랑만은 아니었으리라. 두리기둥에다 합각(合閣) 으로 지은 팔작지붕이었다. 지붕 위에까지 박공이 달렸 고, 용마루 부분이 삼각형의 벽을 이루었다. 얼른 보아도 격조가 느껴지는 우아한 전통 한옥이었다. 그 건물이 자 신의 소유라고 했다. 어떤 경로로 어떻게 해서 자신이 그 집을 소유하게 되었는지 전혀 말을 하지 않았다. 나는 그 어여쁜 집을 둘러보는 순간 어떤 직감으로 자야 여사에게 불쑥 이렇게 말했다.

"이 건물을 '백석문학관'으로 만들면 너무 좋겠습니다."

나로서는 아주 중요한 제의를 그렇게 현장에서 대뜸 쏟 아내었는데 자야 여사는 고개를 가로저었다. 문학관이라 하는 것은 어느 개인이 운영할 성격의 건물이 아니라는 것이었다. 운영비나 유지비가 줄곧 소요되는데 설령 이 건물을 백석문학관으로 만든다 할지라도 운영하기가 힘들어 곧 문을 닫게 될 것이라고 했다. 그렇게 운영될 것이 예상된다면 애초에 하지 않는 것이 옳다고 말했다. 나는 그녀의 심경이 불편해지지 않도록 어떤 말도 거기에 덧붙이지 않았지만 오랜 세월이 지난 지금 돌이켜 생각해 보면 참 아쉽고 서운한 생각이 많이 든다. 다수의 부동산을 소유한 자야 여사는 말끝마다 백석 시인을 위해 자기가 들일 수 있는 모든 정성을 아끼지 않겠노라고 했지 않았던가. 그런데 결국 내가 제의한 백석문학관 하나조차 실행하지 못하고 그냥 바람결에 나의 뜻있는 제의를 헛되게 날려버린 것이 야속하다는 생각을 지금도 억누를 수가 없다. 다른 여러 곳에는 백억 이상의 부동산을 기부하면서 자기가 그토록 사랑했다는 백석 시인을 위해서는 고작 문학상 하나를 제정하는 기금 2억만 내놓고 말았던 것이 아닌가. 그러면서도 세상에 알려지기로는 백석 시인의 영원한 연인으로 굳건히 자리매김하고 있다. 이는 과분할 뿐만 아니라 자신의 말과 앞뒤가 맞지 않는 처사다.

만약 중학동의 그 아담한 한옥을 '백석문학관'으로 만들었다면 지금쯤 백석 시를 사랑하는 많은 사람이 즐겨 찾는, 서울시의 아름다운 명소가 되어 있을 것이다. 그만큼 백석 시인은 모든 사람이 가장 아끼고 사랑하는 최고의 왕좌에 오르지 않았던가. 언젠가 그 중학동 한옥이 있던 곳을 일부러 찾아가 보았는데 완전히 빌딩숲으로 바뀌어서 어디가 어디인지 전혀 헤아리지 못했다. 자야 여사가 그때 나를 왜 일부러 데리고 가서 그 한옥을 보여주었을까? 당시 그녀의 속마음을 전혀 짐작할 길이 없다. 이런 여러 사실을 연결해보면 자야 여사의 마음속 뜻과 현실에서의 실행은 전혀 일치하지 못한 것이다. 이제 와서 이런 괴리와 상충을 느끼게 되니 씁쓸한 추회(追悔)만 들 뿐이다. 김자야라는 존재는 백석 시인을 통해서 그 위상이 더욱 높아진 게 아닌가. 그런데도 정작 백석 시인을 위한 성의는 크게 부족했다.

다시 자야 여사와 보낸 추억의 한 장면이 떠오른다. 그녀는 1988년 서울올림픽 개막식 행사의 입장권을 어렵게 구해서 나를 초청했다. 나는 자야 여사와 함께 로얄

석에 앉아서 그날의 화려한 장면들을 놓치지 않고 가까이서 지켜볼 수가 있었다. 입방할 때는 다른 관객이 모두 들어간 직후를 골랐고, 퇴장할 때는 행사가 끝나기 직전의 빈틈을 골랐다. 그것이 인파에 시달리지 않는 최고의 지혜라고 자신의 선택을 자랑하기도 했다. 또 한번은 세종문화회관에서 대단한 오케스트라 연주회가 열린 적이 있다. 그 오케스트라는 서울올림픽 문화 축전 행사의 하나로 볼쇼이 발레단과 함께 초청된 것이었다. 자야 여사는 모스크바 필하모니 공연의 입장권을 미리 구해놓고 나에게 전화를 걸어왔다. 이 멋진 공연을 함께 감상하자는 제의였다. 나는 그 요청을 즉시 수락하고 약속한 날에 서울로 갔다.

모스크바 필하모니는 전체 단원(119명)이 동아일보 초청으로 한국에 와서 서울과 지방 도시에서 순회공연을 한다고 했다. 지휘자는 세계적으로 명성이 높은, 당시 48세의 드미트리 키타엔코(Дмитрий Китаенко, 1940~)였는데 그가 준비한 레퍼토리는 풍성하고 다양했다. 옛 팸플릿을 찾아서 확인해보면 다음과 같다. 그날 곡목은

쇼스타코비치의 '축전' 서곡, 라흐마니노프의 '피아노협주곡 3번', 멘델스존의 바이올린 협주곡, 차이콥스키의 '이탈리아 기상곡', 바그너의 '뉘른베르크의 명가수' 서곡, 차이콥스키의 바이올린 협주곡 D장조 교향곡 5번, 베르디의 '운명의 힘' 서곡, 쇼스타코비치 교향곡 4번, 멘델스존 교향곡 3번, 브루흐 바이올린 협주곡, 베토벤의 '에그몬트 협주곡' 서곡 등이다. 키타엔코의 힘차고 박력이 넘치는 지휘는 모든 관객을 압도하고 매료시켰다. 관객은 시종일관 침을 꿀꺽 삼켜가며 세계 최고 수준의 오케스트라를 감상했다. 그런데 틈틈이 옆자리의 자야 여사를 보니 처음엔 연주회를 지켜보다가 언제부터인가 깊은 잠에 빠졌다. 전체 공연이 모두 끝나고 박수 소리가 요란할 때 비로소 눈을 뜨고 "아, 멋진 공연이었어."라고 말했다.

공연의 중간 휴식 시간에 바깥에 나와서 서성이고 있는데 자야 여사는 화려하게 차려입은 한 여성과 반갑게 인사했다. 그녀는 자야 여사를 언니라고 호칭했다. 국악계에서 온갖 희로애락을 함께 겪어온 옛정이 특별하게 느껴졌다. TV에서 자주 보던 낯익은 분으로 가야금 병창의 명

218

인 박귀희(朴貴姬, 1921~1993) 여사였다. 그녀는 옛 명인
들인 박동실(朴東實), 유성준(劉成俊), 오태석(吳太石) 선
생에게 소리를 배운 뒤 훗날 가야금병창의 일급 기능 보
유자가 되었다. 국립국악고등학교를 개교시켰고 바둑 대
국으로 유명한 운당여관(雲堂旅館)을 운영하기도 했다.

제 4 부

기부의
여러 궁리

법정 스님을 만나러 송광사에 가다

그것이 언제쯤이었을까. 정확하지는 않지만 1990년대 초반의 입동 무렵이었을 것이다. 한해가 뉘엿뉘엿 저물어가고 11월의 마른 잎들이 나무에 매달린 채 쓸쓸한 겨울 풍경을 더해가고 있었다. 자야 여사가 나를 서울로 불러올렸다. 어딘가를 함께 가야 한다고 말했다. 나는 영문도 모르고 그녀의 호출에 응했다. 동부이촌동 아파트에 도착하니 오늘은 늦었으니 요기서 하루 유숙하고, 내일 아침 일찍 출발하자고 했다. 어디에 가시려고 하는지를 물었더니 순천 송광사라고 했다. 법정 스님의 요청으로 전남 순천시 송광면에 있는 사찰 송광사를 방문하게 되었다고 한다. 당시 그곳은 승주군에 소속되어 있었다.

내가 왜 거길 함께 가야 하느냐고 물었더니 당신 혼자 가기가 심심해서 귀하가 동행해주면 좋겠다는 생각을 했다고 말했다. 다음 날 아침 먼 길을 가야 하기 때문에 나는 자야 여사와 함께 그녀의 승용차로 용산구 동부이촌동을 출발했다.

가다가 자주 휴게소에 들러서 체력을 조절하면서 네 시간 가까이 달렸으리라. 자야 여사는 자동차 안에서 거의 수면 상태였다. 자다가 깨고 자다가 깨곤 하면서 드디어 송광사 표지판이 보이는 갈림길에까지 다다랐다. 초겨울 산사는 찾는 이도 별반 보이지 않고 고즈넉한 분위기였다. 기사가 미리 전화를 해두었던지라 한 승려가 마중을 나왔고, 어느 건물 앞에 다다르니 법정 스님이 방에서 나와 겨울털신을 신고서 자야 여사를 향해 미소를 지으며 다가왔다. 스님은 자야 여사에게 동행자가 있다는 사실에 약간 당황한 듯했다. 나를 흘깃 쳐다보면서 함께 온 사람이 누구냐고 묻는 듯했다. 그래서 자야 여사는 문단의 청년 시인이고, 『백석시전집』을 발간한 분이라고 말했다고 한다. 하지만 법정 스님은 이후로 나에게 전혀 눈길을 주지 않고 자야 여사만 마주 보며 긴밀한 대화를 주고받았다. 스님은 내가 함께 온 것을 그다지 반기지 않는 기색이 뚜렷했다. 잠시 뒤 방 안으로 들어가니 이미 여성 신도들이 둘러앉아서 참외를 깎고 수박을 썰어서 커다란 접시에 담아 탁자 위에 내어놓았다. 스님이 참외 하나를 포크로 찍어서 자야 여사에게 정중히 권했다. 그러더니 우스갯말을 던졌다.

"요즘은 철없는 과일을 먹어서 그런지 사부대중이 그처럼 철이 없나 봅니다."

이 말에 방안의 여인들은 일제히 까르르 웃었다. 잠시 뒤에 자야 여사는 법정 스님과 긴히 의논할 게 있다며 다른 건물로 자리를 옮겼다. 나는 사찰 마당에서 서성이다가 송광사 대웅전과 경내의 이곳저곳을 혼자 어슬렁거리며 두루 돌아보았다. 한 요사채(寮舍體) 앞을 지나는데 짙은 갈색 뿔테안경을 낀 얼굴이 앳되고 해맑은 스님 하나가 앉아서 열린 방문으로 내다보다가 문득 나와 눈이 마주쳤다. 그가 먼저 말을 걸어왔다.

"애림화(愛林華) 보살님과 서울에서 같이 오신 손님이

시지요?"

"어느 보살님이라고요?"

나는 그 말뜻을 알아채지 못하고 되물었다. 그 '애림화'
란 이름은 법정 스님이 자야 여사를 만나 대원각 기증에
대해 논의할 때 처음으로 지어준 법명이다. 승려들은 이
렇게 법명을 지어주면서 신도들의 환심을 얻는 경우가 많
다. 길상사와 관련한 여러 기록에는 자야 여사의 법명을 '
길상화(吉祥華)'로 표기되어 있는데 그것은 대원각을 기
증한 이후에 법정 스님이 다시 지어준 이름이다. 맨 처음
지어준 법명은 분명 '애림화'였다. 송광사에서 서울로 돌
아갈 때 노자에 보태라며 법정 스님이 자야 여사에게 슬
쩍 전해준 봉투엔 '애림화'란 스님의 글씨가 보였다.

그 동안(童顔) 스님의 요청으로 나는 방 안에 들어갔다.
마침 차를 우려내는 중이어서 나는 작설(雀舌)로 짐작되
는 여러 잔의 차를 얻어마셨다. 두 손으로 찻잔을 감싸 쥐
니 춥던 몸이 그제야 사르르 녹으며 방안의 분위기가 눈
에 들어왔다. 그 청년 스님은 법정 스님의 상좌라고 말했
다. 스님의 여러 상좌 중에서 그가 누구였던지 아직도 확

인할 길이 없다. 한참 뒤에 법정 스님과의 담화를 마친 자
야 여사가 마당으로 나왔다. 내가 마루로 나가서 손짓으
로 불렀다. 자야도 방으로 올라와 스님과 인사를 나누고
작설차를 마셨다. 헤어질 때 그 청년 스님은 이별의 정표
로 무언가를 선반에서 집어 자야 여사에게 주었다. 작은
풍경(風磬)이었다. 오래된 물건인지 놋쇠의 색상이 갈색
으로 변해 있었다. 돌아오는 자동차 안에서 자야 여사는
그 풍경을 나에게 가지라며 주었다. 시골집에 달아놓으
면 좋겠다고 말했다. 그 풍경은 지금 내 글방의 천장 구석
에 달려 있다. 나는 그것을 늘 바라본다. 그 풍경을 보고
있노라면 당시 송광사에서의 여러 장면이 스크린처럼 떠
오르고, 앳된 표정의 청년 스님도 생각난다.

　자야 여사를 따라서 송광사를 다녀온 기억은 그다지
즐겁지 않았다. 법정 스님의 반갑잖은 표정과 경계심을
띤 그 특유의 날카로운 눈빛이 지금도 생생하기 때문이
다. 스님으로서는 자야 여사 혼자 다녀가기를 바랐는데
난데없는 동행자가 나타났으니 무엇이 그리 달가웠으리
오. 처지를 바꿔 생각해도 당시 스님에겐 내가 거추장스

러운 존재였음이 틀림없었을 것이다. 나는 그 후로 법정 스님을 만난 일이 없다. 자야 여사의 회고를 들으면 당시 송광사를 다녀온 이후로도 스님은 동부이촌동 여사의 댁을 여러 차례 다녀갔다고 한다. 대원각 기부와 관련한 일들이 제대로 진전되지 않을 때 몹시 조바심을 내고 속히 마음을 결정하라는 요청을 여러 차례 했었다고 자야 여사에게 분명히 들었다. 흔히 인터넷 기사에 등장하는 내용처럼 법정 스님을 자야 여사가 10여 차례 이상 뒤쫓아다니며 제발 자신의 부동산을 받아주기를 간청했다는 말은 전혀 사실이 아니다. 그것은 길상사의 개원과 법정 스님의 위상을 드높이기 위해 그쪽에서 꾸며낸 허구(虛構)에 불과하다.

사찰로 바뀐 요정(料亭)

　1996년 9월 26일 자『동아일보』기사는 다음과 같이 자야 여사의 대원각 기증에 관한 사연을 사진과 함께 크게 보도하고 있다. 결국 자야 여사는 요정 대원각을 법정 스님에게 무상으로 기부하는 데 동의했다. 이 과정에도 드라마틱한 사연들이 많지만 일일이 밝힐 수는 없다.

　'요정 정치 대명사 대원각, 사찰로 바뀐다', '소유주 김영한 씨 법정 스님에게 시주', '대지 임야 7천 평, 시가 1천억 원', '길상사 등록… 시대 이끌 도량으로'

　국내 최대 요정의 하나로 제3공화국 시절 밀실정치의 대명사인 대원각(서울 성북구 성북동)이 사찰로 탈바꿈한다. 대원각 소유주인 김영한 씨(80, 여)는 최근 건물과 대지 등 관련 부동산 일체를 법정 스님에게 기증했고, 법정 스님은 조계종 총무원에 송광사 서울 분원 길상사로 등록한 후 등기이전을 마쳤다. 대지와 임야를 합쳐 7천여 평에 달하고 시가 1천억 원대에 이를 것으로 추정되는 재산을 시주한 김 씨는 물론 이를 개인 사찰로 하지 않고 종단의 재산으로 등록한 법정 스님의 '무대가 무소유' 정신이 추석 연휴 불교계의 화제가 되고 있다. 김 씨가 대원각을 법정 스님에게 기증하겠다는 의사를 처음 밝힌 것은 지난 1987년경으로 평소 법정 스님의 에세이를 애독해온 독실한 불교 신자이자 절친한 김대도행(大道行, 김정선) 씨를 통해 미국 로스앤젤레스 고려사에서 처음 스님을 만나 '아무 조건 없이 대원각을 시주할 테니 절로 만들어 스님이 운영해 달라'고 당부했다. 그러나 법정 스님은 '나는 일평생 주지 같은 일을 맡아본 적이 없을뿐더러 아무것에도 얽매이지 않고 살아온 사람'이라며 사양했다. 여러 번 사양한 끝에 법정 스님이 1994년 '맑고 향기롭게 살아가기 운동'을 주창, 수행 못지않게 불교의 사회적 책무에 비중을 두게 되면서 불교계 안팎에서 김 씨의 순수

한 뜻을 받아들여 대원각을 시대를 이끌어갈 정신운동의 도량으로 발전시켜 나가는 것이 좋겠다는 건의가 잇따르자 결국 김 씨의 소중한 정성이 받아들여졌다. 일제강점기 말에 친일파 백인기(白寅基, 1882~?)의 별장으로 건물 3채가 들어서 있던 대원각은 해방 직후 한때 청암장이란 이름으로 불렸고, 1951년 김 씨가 당시로서는 거액인 6백 5십만 원을 주고 인수했다. 한때 삼청각과 함께 장안 최고의 요정으로 이름을 떨치며 '요정정치'라는 조어가 생겨난 곳이기도 했으나 1980년대 중반 이후 임대 대중음식점으로 명맥을 이어왔다. 김 씨는 25일 "없는 것을 만들어드려야 큰일이 되는데 있는 것을 드리는 것이니 아무에게도 내세울 일이 아니다."라고 담담하게 소감을 말했다. 법정 스님은 최근 김씨에게 '길상화'라는 불명을 지어줬다. 김 씨는 일제강점기 여창가곡과 궁중무 등 가무의 명인으로 이름을 떨쳤으며 1930년대에 활동했던 백석 시인의 연인이기도 했다. 법정 스님은 "시주자의 순수한 정성을 감안해 재가 신도의 수행 및 기도 도량으로 활용할 계획이며 그의 뜻을 기리는 장학사업을 추진하겠다"라고 밝혔다.

기사의 내용 중에는 왜곡된 것이 많았다. 동아일보의 오명철 기자가 쓴 이 기사는 세간에서 엄청난 화제가 되었다. 기사에는 자야 여사가 아파트에서 법정 스님과 마주 앉은 사진과 함께 대원각 전경이 담긴 두 장이 첨부되어 있다. 같은 해 10월 5일에는 역시 동아일보의 권기대 기자가 쓴 기사가 게재되었다. 이 권 기자는 법정 스님과 각별한 사이로 알려져 있다. 기사의 표제는 '첫 사랑은 백석… 끝 사랑은 부처'였다. 기사 전문은 백석 시인과의 사랑을 특별히 부각하며 글을 로맨틱한 분위기로 이끌어가고 있다. 10월 8일 자 『경향신문』 기사는 KBS 1V의 교양프로 '이것이 궁금하다' 프로에서 '요정정치 본거지 대원각 전격 공개'란 제목으로 방영될 내용을 간추려 보도하고 있다. 그해 말엔 MBC TV에서도 화제로 다루었고, 한겨레 등 여러 언론사에서 대원각 기증, 길상사 창건, 백석문학상 제정 등과 관련된 기사를 경쟁적으로 쏟아내었다. 당시 국내의 여러 여성저널에서는 법정 스님과 자야 여사 둘의 대담을 경쟁적으로 취재했다. 대원각의 한옥 마루에서 두 사람이 마주 보며 담소하는 사진이 기사에 실렸다. 모두 법정 스님이 마련한 자리들이다.

자야 여사와 만나던 무렵부터 법정 스님 이야기를 자주 들었다. 자야 여사는 대원각 기증 문제를 나에게도 여러 차례 상의를 해왔다. 나는 줄곧 '한 사람의 고귀한 결정이 일만 사람을 살린다는 근본 취지를 잃지 말라'는 조언을 해주었다. 내가 자야 여사의 대원각 기부에 적극적 공감을 하지 않은 것에 서운한 마음을 가졌을지도 모른다. 자야 여사는 나에게 틈틈이 경과를 전해주었다. 대원각을 법정 스님에게 기증하겠다고 말했다가 또 그 뜻을 번복하기를 여러 차례나 해서 법정 스님의 마음을 불편하고 조바심이 나도록 만들었다. 결국은 대원각이 길상사로 바뀌었지만 현재 인터넷이나 세간에 알려진 내용들은 대부분 거짓이나 미화·윤색된 허구적인 것이다. 자야 여사가 법정 스님에게 10여 차례나 뒤쫓아 다니며 제발 대원각을 받아달라고 했다는 이야기는 완전 거짓이다. 오히려 법정 스님 측에서 속히 마음을 결정하지 않는다며 조바심을 내었고, 일을 속히 성사시키기 위해 자야 여사의 댁에서 매달 두 차례 열리는 계모임 자리에서 법정 스님 측이 특별한 선물 공세를 펼치기도 했다. 어느 날 자야 여사 댁을 방문한 나에게 기이한 음식을 맛보라며 내놓았다. 그것은 황금을 입힌 인절미였다.

"이 황금 떡을 법정 스님이 나에게 한 박스나 보내왔구려."

나는 그날 번쩍번쩍 광채 나는 황금 떡을 처음으로 맛을 보았다. 그런 떡이 있는 줄 처음 알았다. 그녀는 나에게 이 진기한 떡을 먹으면 건강이 좋아질 것이라고 말했다.

이와 더불어 자야 여사가 말했다는 '백석 시인의 시 한 줄은 내가 기부한 일천억보다도 훨씬 높은 가치가 있다'는 투의 이야기도 필시 누군가에 의해 조작된 것이다. 세상은 이렇게도 진실을 감추어지고 대중의 감각적 취향에 따라 내용을 제멋대로 고치거나 부풀리는 사례가 너무나도 많다. 그 장면을 줄곧 지켜보는 나의 마음이 편하지 않다.

하규일 스승의 전기 발간과 흉상 건립

 1990년 8월 5일 도서출판 예음에서는 『선가 하규일 선생 약전』이 발간되었다. 선가(善歌)란 말은 음악계의 훌륭한 인물이란 뜻이다. 이 책의 맨 앞부분에는 금하 하규일 선생의 사진이 실려 있다. 다음 페이지에서는 1930년대 경성방송국(JODK) 스튜디오에서 가곡을 부르는 기생과 악사들의 모습도 보인다. 가곡의 유지와 발전에 공을 세운 국악계의 중진 성경린, 이주환, 장사훈 등의 사진과 함께 이 책을 발간한 자야 여사(김진향)의 젊은 시절 사진을 실었다. 책의 제자(題字) 글씨는 백석 시인과 만주 신경 시절에 친밀했던 작가 송지영이 썼다. 본문은 크게 두 가지 체계로 나뉘는데 제1부에는 하규일 선생의 일대기

중심으로 서술하고 있다. 1. 선계(先係) 2. 수학(受學) 3. 관력(官歷) 4. 노래의 길로 5. 여창가곡의 교수(敎授) 6. 자랑할 제자들 7. 여제자 8. 가정 9. 라디오 방송과 레코드 취입 10. 거성(巨星) 가시다 11. 선가 하규일 선생 12. 가곡계의 고장 휴규일 13. 금하 하규일 선생님의 가곡교수법 14. 명월관 등이 담겨져 있다. 제2부에는 '김진향 전창(傳唱) 하규일제 여창가곡 악보'가 실려 있다. 이 악보는 김정자, 최수옥 두 제자가 책임편집을 맡았다. 장진주, 태평가, 계면조 편수대엽(모란은), 계면조 계락(청산도), 반우반계 환계락(앞내나), 우조 우락(바람은), 계면조 평농(북두), 계면조 두거(일술지), 계면조 평거(초강), 계면조 중거(서산에), 계면조 이수대엽(언약이), 반우반계 반엽(남하여), 우조 두거(일각이), 우조 평거(일소), 우조 중거(청조야), 우조 이수대엽(버들은) 등이 그 전체 목차다.

그 악보집의 머리말은 김정자 교수가 썼다. 김 교수는 자야 여사에게서 여창가곡을 지도받던 제자이기도 하다. 그 글 가운데 자야 여사와 관련된 부분을 여기에 옮겨보기로 한다.

나는 불현듯 남창가곡과 함께 조화를 이루고 있는 여창가곡을 배우고 싶은 마음이 생겼었다. 이 뜻을 김천흥 선생께 말씀드렸더니 지금은 노래로 사회 활동은 하지 않으나 하규일 선생으로부터 직접 여창가곡을 배운 제자를 찾아보면 만날 수 있을 것이라며 각방으로 수소문하였다. 그런지 수년이 지나 드디어 하규일 선생의 마지막 제자인 김진향 선생을 소개받아 노래를 배우게 되었다. 김진향 선생은 1932년 17세 되는 해부터 하규일 선생의 양녀로서 그의 문하에 들어가 3년간 여창가곡과 궁중무 수업을 철저히 받았다고 한다. 그 이후로 여창가곡 활동은 따로 하지는 않았으나 김수정, 이난향 명인들과 소중한 만남의 기회를 만들었다. 1960년경부터 집에서 줄곧 노래를 수련했다고 한다. 당시 이 세 분은 라디오에서 듣던 여창가곡이 하 선생님 제도와 많이 달라서 무척 애석하게 생각했다고 한다. 그리하여 김진향 선생은 4·19혁명이 발발하던 1960년에 홍원기 선생을 집에 모셔다가 잊었던 장단도 익힐 겸 노래를 다시 수련하면서 김수정 선배를 홍 선생에게 소개했다. 홍 선생의 목청이 좋고 가창력이 뛰어나다는 점을 높이 평가하여 김수정 선배로 하여금 홍 선생에게 하규일제의 여창가곡을 전수하려고 했었다. 그리하여 세 사람은 여러 번 합석하여 노래를 불렀다고 한다. 그러다가 수년 후 김수정 시가 별세한 뒤로는 이난향 선생를 모셔다 노래를 부르며 전수를 권했으나 홍 선생이 워낙 바빠서 뜻을 이루지 못했다고 한다. 당시 이난영, 김수정, 김진향 세 분은 이미 국악계를 떠난 지 오래인지라 홍 선생에게 전수해주기를 몹시 갈망했다고 한다. 하지만 김수정, 이난향 두 분은 전수 기회를 갖지 못한 채 타계했고, 김진향 선생만 홀로 남아서 오늘날 이 짐을 떠맡게 된 것이다. 김진향 선생은 남다른 열정과 심미안을 가진 분으로서 참으로 열성적인 학습을 시켜주신다. 하규일 선생에게 노래 수업을 받던 당시의 기억을 되살리고 명인 선배들과 함께 익힌 노래를 조금의 착오도 없이 전수시키려고 밤낮을 가리지 않고 노력하는 분이다.

　- 김정자, '김진향 전창(傳唱) 하규일제 여창가곡 악보'의 머리말 중에서

자야 여사는 자신에게 가르침을 준 금하 하규일 선생의 은혜에 평생토록 감사하며 그 보답을 하려 하였다. 여러 제자를 발굴 양성해서 여창가곡의 전통을 이어갈 수 있도록 정성을 많이 쏟았다. 머리 맡의 문갑 위에는 하규일 선생의 사진을 확대해서 넣은 액자를 놓아두고 항상 모시는 마음으로 기도를 올렸다. 1985년에는 서울대학교 음악대학 국악과에 5,000만 원을 기부하여 국악계의 후진 양성을 위한 장학금으로 쓰이도록 했다.

뿐만 아니라 1996년 5월 22일, 금하 하규일 선생의 흉상을 제작해서 서울 서초구 남부순환로의 우면산 북쪽 산자락에 있는 국립국악원 소극장 동편 광장에 조성된 국악인 흉상공원에 건립하고 제막식을 열었다. 흉상 제작과 제막식 등에 드는 모든 비용을 자야 여사가 전적으로 부담했다. 이를 통해 보더라도 자신의 스승이었던 금하 하규일 선생에 대한 사랑과 존경심은 참으로 지극했었다. 그 흉상공원에는 우리 국악사의 진정한 영웅들이었던 신재효, 함화진, 이주환, 김기수, 김용제 선생의 흉상과 더불어

하규일 선생의 흉상까지 세워져 모양새를 갖추었다. 그
날 한복을 멋지게 차려 입고 흉상 제막식을 기쁜 얼굴로
다녀오던 자야 여사의 모습이 아직도 눈에 선하다. 국악
계의 원로들이 그날 모두 한자리에 모였다고 자랑했다.
자야 여사는 스승 하규일 선생의 흉상을 세운 것이 못내
마음속에서 흐뭇하고 자랑스럽게 느껴진다고 그 소감을
말했다.

카이스트에서 만난 자야 여사

자기가 가진 재산을 어딘가에 모두 기부하기란 쉽지 않다. 그런 결단을 갖기까지 온갖 주저와 망설임이 들었을 것이다. '어떻게 모은 재산인데'라는 집착과 미련 때문에 모든 항산(恒産)을 흔쾌히 놓아 보내기가 여러모로 어렵고 심란했을 터이다. 그런데 자야 여사는 서울 강남구 서초구 서초대로의 서울고등법원 앞의 김영한 소유 부동산인 남촌빌딩(서초대로 283번지)을 카이스트에 기꺼이 기부했다. 남촌빌딩은 지하철 교대역 10번 출구를 나오면 바로 왼쪽에 우뚝 서 있다. 이 부동산 기부 결정에 대한 성격은 대원각을 법정 스님에게 기부하던 판이했다. 그것을 기부하겠다고 결정하는 데 그리 오랜 시간이 소요되지 않았다. 자야 여사가 나에게 남촌빌딩을 카이스트에 기부하려는데 어떻게 생각하느냐고 뜻을 물어왔을 때 너무 장하고 훌륭한 결정이라며 적극적으로 찬동했다. 그 멋진 기부는 오래오래 감추어진 속뜻이 눈부시게 살아날 것이라고 격려해주었다. 자야 여사의 기부 목적은 노벨상 수상자도 하나 배출하지 못한 우리 과학계의 진정한 발전을 위해 헌정하는 후원의 의지를 담고 있었다.

한국과학기술원은 카이스트(KAIST)로도 부른다. 카이스트란 말은 'KOREA ADVANCED INSTITUTE OF SCIENCE AND TECHNOLOGY'의 두음 알파벳을 따서 조합한 약칭이다. 1971년 2월 16일에 설립되었고, 대전광역시 유성구 대학로 291번지에 세워져 있다. 본원은 유성이지만 문지캠퍼스, 서울캠퍼스, 도곡캠퍼스 등 여러 곳에 대학에 설치한 후 운영하고 있다. 전체 재학생 수는 2022년 기준으로 3,665명이며, 석사는 3,229명, 석박사 통합 과정은 13,96명, 박사과정 재학생은 2,769명이다. 전체 교수진은 666명이며, 직원은 908명이다. 카이스트는 산업 발전에 필요한 과학기술 분야에 관하여 깊이 있는 이론과

실제적인 응용력을 갖춘 고급과학기술인재를 양성하고 과학기술 혁신을 위한 기초연구, 융복합 연구, 산학연 협업을 수행하는 고등교육기관이다. 국가 정책적으로 수행하는 중장기 연구개발과 국가과학기술 저력 배양을 위한 기초응용연구를 수행한다. 다른 연구기관이나 산업계 등에 대한 연구 지원도 하며 기술의 이전 및 사업화를 촉진하고 창업을 지원하기 위한 것이 설립의 주된 목적이다.

미국 실리콘밸리의 아버지로 불리는 프레드릭 허만 박사가 한국을 방문한 뒤 한국과학원 설립에 필요한 차관 제공을 위해 카이스트의 정체성에 대한 의견을 다음과 같이 정리했다.

1) 국제적인 명망을 가진 이공계 교육기관으로 성장해 학계의 본보기가 되는 학교

2) 학문적 역량을 자체적으로 개발해서 교육계에 새로운 기원을 이룩하는 첨병의 임무를 수행하는 학교

3) 정치와 경제 각 분야의 리더를 배출하는 학교

4) 한국인의 생활 수준 향상에 크게 이바지하는 학교

카이스트의 발족은 1981년 한국과학원(KAIS)와 한국 과학기술연구소(KISTRK)가 통합된 한국과학기술연구소를 거쳐 한국과학기술원(KAIST)으로 거듭나게 되었다. 초대 총장 이주천 박사로부터 시작되어 이광형 총장에 이르기까지 역대 총장이 카이스트의 진정한 발전을 위해 노력했다. 대학원 과정의 장학금은 국비 장학생, KAIST 장학생, 일반장 학생 등으로 구분되는데 자야 여사는 자신의 소유 부동산이었던 남촌빌딩을 카이스트에 기꺼이 기부 헌납함으로써 다수의 학생이 장학금을 받아 공부하는 혜택을 누렸다. 재단법인 카이스트 발전재단은 발전 재원 마련과 그것의 효율적 관리 운영을 위한 독립법인으로 설립되었다. 주된 활동은 발전기금 조성 및 관리, 고유목적 사업, 수익사업 등을 진행하고 있다. 국내외의 많은 재력가가 뜻깊은 기부를 했고, 지금도 그 문은 활짝 열려 있다. 2024년 현재 기준으로 카이스트에 기부한 인원은 모두 15,942명이다. 총기부액은 5,570억이 훨씬 넘는다. 자야 여사도 이처럼 고귀한 뜻에 공감하면서 카이스트에 자신의 큰 재산을 기부하였다. 당시의 그 기부에는 카이스트가 반드시 한국의 노벨상 수상자를 배출하도록 해달라는 소망이 담겨 있었다.

2024년 7월 9일(화) 오전 10시 30분부터 그동안 건립을 추진해온 카이스트 메타융합관 I 건물이 완공되어 이를 개관하는 테이프 커팅 행사가 개최되었다. 메타융합관 건립의 목적은 카이스트의 글로벌 융합 연구 역량에 기반한 국가 및 인류 난제의 해결을 위하여 카이스트 핵심 연구 분야의 초경계적(trancboundary), 메타융합(Meta-Convergence) 연구 플랫폼 구축이다. 2021년 2월에 착공되었고, 이후 2년 7개월 만에 준공식을 하게 되었다. 전체 건물의 연면적은 13,123.71평방미터(약 3,970평)이며 지하 1층, 지상 7층으로 설계되었다.

자야 여사가 생존해 있었다면 이날 준공식에 기쁘게 참석했을 터이다. 하지만 그녀가 세상에 계시지 않으니 카이스트에서는 나에게 대신 참석해 줄 것을 요청해왔다. 그날 준공식은 10시 반 정각에 시작되었다. 가랑비가 부슬부슬 뿌리다가 곧 개었다. 행사장에서 김선창 카이스트 연구원장이 개회 인사말을 먼저 했고, 이어서 문영주 시설관리부장이 준공 보고를 했다. 그다음 순서로 이상엽 부총장이 메타융합관(I) 설립 취지를 보고했다. 그에 잇따라 메타융합관 건립에 가장 커다란 공로를 세운 이광형 총장이 기념사를 했다. 뿐만 아니라 신성철 전 임 총장도 특별히 참석해서 이 건물 건립의 최초 추진 과정과 구체적인 내용을 들려주는 실감나는 축사를 했다. 그다음으로 건물 입구에서 메타융합관(I)의 본격적 개관을 상징하는 테이프커팅을 했다.

나는 객석에 앉아 있었는데 이광형 총장이 손짓으로 불러올려서 테이프커팅에 함께 참가했다. 감사하고 영광스러운 일이다. 기념 표지석 제막식도 했고, 건물 앞에서 기념식수도 했다. 11시 5분경에는 메타융합관 실내로 이동해 1층 중앙홀 로비에서 너무나 뜻깊은 행사를 했다. 그 뜻깊은 행사란 메타융합관 설립에 큰 도움을 주었던 기부자 김영한(김자야) 여사의 동판으로 제작된 얼굴 동판 부조(浮彫) 제막식이다. 자야 여사의 재산 기부로 다수의 재학생이 장학금 혜택을 받았고, 그동안 남촌빌딩에서 꾸준히 발생하는 수익금은 차곡차곡 적립되어 메타융합관 건립과 같이 의미 있는 데 사용하게 되었다.

발전재단의 한재홍 상임이사가 자야 여사의 얼굴 주조 동판 앞에 서서 발전기금에 관한 소개 내용을 자세히 들려주었다. 메타융합관 정문으로 들어가면 바로 나타나는 중앙홀 대강의실 입구 왼쪽에는 백석 시인의 연인이었던 자야 여사의 얼굴 동판 부조를 설치하고 강의실 이름을 '자야홀'이라 명명했다. 자야 여사가 생존해서 이 자리에 참석했더라면 얼마나 멋진 자리가 되었을까 하는 상상을 해보았다. 그야말로 노블레스 오블리주(Noblesse oblige)의 표본이라 하겠다. 프랑스의 작가 피에르 가스통 마르크가 자신의 저서에서 맨 처음 사용한 이 말의 뜻은 부와 권력이란 것이 그에 따른 책임과 의무가 따른다는 의미로 쓰였다. 사회의 지도층이나 상류층이 자신의 위치에 부합되는 모범적 행동을 실천할 때 이 말을 썼다. 원래 문장에는 '귀족은 위무를 진다'는 뜻이 담겨져 있다.

자야 여사가 거액의 부동산을 기부했을 때의 소망은 한국 과학기술의 눈부신 발달과 도약이었다. 그런 취지에서 이날 메타융합관 개관과 함께 자야 여사의 얼굴 동판 부조를 설치하는 일은 매우 빛나는 일이 아닐 수 없다. 메타융합관 건립에 참여했던 KAIST의 모든 교수 보직자가 지켜보는 가운데 자야 여사 얼굴 동판 부조를 가리고 있던 하얀 천이 벗겨지고 드디어 모습을 드러내었다. 우렁찬 박수 소리와 함성이 들렸다. 그 동판 부조의 제작 작업은 작가 백민이 맡았다. 그는 백문기 조각가의 아들이다. 둥근 원형의 동판에 얼굴 형상이 입체적으로 튀어나오도록 부조를 했는데 실제 얼굴보다 훨씬 지적인 분위기로 표현되었다. 카이스트의 연구 분위기에 잘 어울리는 표정으로 느껴졌다. 나는 카이스트 이광형 총장의 요청으로 그 동판 부조의 아래에다 부착한 해설 판에 이렇게 썼다.

1916년 서울에서 출생한 김자야(본명 김영한) 여사는 일찍이 조선권번 소속 예인으로 가무에 뛰어났다. 수필가로 등단했고, 만학으로 중앙대 영문학과를 졸업했다. 백석 시인과의 사랑은 문단의 전설이 되었다. 여사는 만년에 큰 재산을 KAIST에 기증하여 많은 학생이 장학금 혜택을 받고 있다. 그 숭고한 뜻을 기려 이 대형 강의실을 '자야홀'이라 명명한다. 1999년 세상을 떠난 여사의 거룩한 뜻은 길이 전해지리라.

그다음 차례는 메타융합관 핵심 연구시설을 1층에서 3층까지 중요한 곳마다 설명을 들으며 관람하는 것이다. 차세대 바이오의약품 생산지원시설이 집중적으로 소개되었다. 이 모든 해설은 김선창 카이스트 연구원장이 맡았다. 3층에는 RNA/DNA 기반의약품 개발생산지원센터였다. 여러 설비나 도구가 모두 국가 기밀에 속하는 것이라 외부에 사진을 유출하지 말 것을 부탁했다. 모든 투어를 마친 뒤에는 2층 로비에 차려놓은 리셉션 자리에 참석했다. 이광형 총장이 샴페인을 터뜨리고 여러 내빈이 번갈아가며 축사와 기념사를 했다. 나에게도 차례가 돌아와 감격적인 축사를 했다.

오늘 이 감격적인 자리에는 기증자 김자야 여사께서 함

께 자리하고 계실 것이라 믿습니다. 자야 여사는 평소 늘 한 사람의 뜻으로 일만 사람이 도움과 구제를 받게 하는 것을 강조하며 신념으로 여겼습니다. 그것이야말로 진정한 기부의 실천이라고 자주 말했습니다. 저에게는 자야 여사가 이 방의 좌석 하나를 차지하고 앉아서 감개무량한 얼굴로 축하를 보내는 모습이 그대로 보이는 듯합니다. 메타융합관의 완공과 개관을 뜨거운 마음으로 축하드립니다.

이날 행사는 이렇게 마무리되었다. 모두 한 시간 남짓 소요되었다. 리셉션 자리에서 신성철 전임 총장은 지난날 카이스트 기획처장 보직을 맡고 있을 때 자야 여사의 연락을 받고 서울 동부이촌동을 찾아가 여러 차례 면담하면서 기부 절차를 밟았던 당시의 과정과 여러 비화를 회고하며 들려주었다. 그때 만난 자야 여사에게서 보드카를 대접받았는데 취기가 올라 혼났었다고 했다. 신 총장은 자야 여사를 호쾌하고 결단력이 강한, 보기 드문 한국여성의 진정한 표상으로 느꼈다고 말했다. 모든 행사를 마치고 나오는데 갑자기 소나기가 쏟아졌다. 메타융합관 현관을 나오기 전에 중앙홀 벽면의 자야 여사 동판 부조를 다시 한번 고개를 돌려 뒤돌아보았다. 이제 자야 여사는 카이스트 메타융합관을 든든히 지키는 파수꾼으로 영원히 그 자리에 머물게 될 것이라는 생각이 들었다. 비록 기생 신분으로 평생을 살았으나 이제는 이 나라 과학영재의 터전에서 빛나는 지킴이가 되었으니 그 얼마나 영광이며 복된 삶으로 승화되었겠는가. 앞으로 자야 여사가 그리워질 때면 언제든 찾아와 대면할 장소가 있다는 생각을 하니 왠지 마음이 푸근해졌다.

한국 인물 500인 선정위원회 (가나다 순)

위원장: 양성우(시인, 前 한국간행물윤리위원장)

위원: 권태현(소설가, 출판평론가), 김종근(前 홍익대 교수, 미술평론가), 김준혁(한신대 교수, 역사), 김태성(前 11기계화사단장), 박상하(소설가), 박병규(민화협 상임집행위원장), 배재국(해양대 교수, 수학), 심상균(KB국민은행 금융노동조합연대회의 위원장), 오세훈(씨알의 소리 편집위원), 오영숙(前 세종대학교 총장, 영어학), 윤명철(前 동국대 교수, 역사), 이경식(작가, 번역가), 이경철(前 중앙일보 문화부장, 문학평론가), 이덕수(시민운동가, 시인), 이덕일(순천향대 교수, 역사), 이동순(영남대 명예교수, 시인), 이순원(소설가), 이종걸(이회영기념사업회장), 이종문(前 계명대 학장, 시조시인), 이중기(농민시인), 장동훈(前 KTV 사장, SBS 북경특파원), 하만택(코리아아르츠그룹 대표, 성악가), 하응백(前 경희대 교수, 문학평론가)

한민족의 정체성을 만든
인물들을 통해, 삶의 지혜와
미래의 길을 연다.

고대 배달 민족의 얼인 고대 동아시아 지배자

나는  치우천황 이다

대동 세상을 열려는
너희 본디 마음이 나 치우다

"나는 천산산맥 넘어 해 뜨는 밝은 곳을 향해 내려와
신시 배달국을 열었다. 너도 하느님 나도 하느님, 너도 왕이고
나도 왕이니 서로서로 섬기는 대동 세상 터를 닦고 넓혀왔다.
하여 뭇 생명이 즐겁고 이롭게 어우러지는 세상을 열려는
너희 본디 마음이 곧 나일지니."
- 치우천황이 독자에게 -

이경철 지음 | 값 14,800원

근세 현모양처의 대명사인 한 여성의 삶과 꿈

나는  사임당 이다

많이 알려졌어도 실제
내 삶을 아는 사람은 드물구나

"나만큼 많이 알려진 인물도 없다. 그러나 나만큼 제대로
알려지지 않은 인물도 없다. 율곡의 어머니, 겨레의 어머니,
현모양처의 모범과 교육의 어머니로 많이 알려졌어도
실제 내 삶이 어떠했는지 아는 사람은 거의 없다.
나는 내 삶을 바르게 살고 싶었을 뿐이다."
- 사임당이 독자에게 -

이순원 지음 | 값 14,800원

근대 지킬 것은 굳게 지킨 성인군자 보수의 표상

나는  퇴계 다

'완전한 인간'을 위한
자기 단련의 길이 나 퇴계다

"나는 책이 닳도록 수백 번을 읽었다. 그랬더니 글이
차츰 눈에 뜨였다. 주자도 반복해서 독서하라고
이르지 않았던가? 다른 사람이 한 번 읽어서 알면,
나는 열 번을 읽는다. 다른 사람이 열 번 읽어서
알게 된다면, 나는 천 번을 읽었다."
- 퇴계가 독자에게 -

박상하 지음 | 값 14,800원

근대 보수의 대지 위에 뿌린 올곧은 진보의 씨앗

바꾸자는 개혁의 길
너의 생각이 나 율곡이다

"나라는 겨우 보존되고 있었으나, 슬픈 가난으로
시달리는 백성들은 온통 병이 깊어 숨이 넘어갈
지경이었다. 백척간두에 선 채 바람에
이리저리 위태롭게 흔들리고 있었다.
내가 개혁을 외치고 나선 이유다."
- 율곡이 독자에게 -

박상하 지음 | 값 14,800원

나는 *율곡* 이다

현대 모국어로 민족혼과 향토를 지켜낸 민족시인

깊은 슬픔을 사랑하라

분단의 태풍 속에서 나는 망각의 시인이었다.
하지만 한국의 독자들은 다시 내 시에 영혼의 불을 지폈다.
나는 언제나 외롭고 높고 쓸쓸한 시인이다.
- 백석이 독자에게 -

이동순 지음 | 값 14,800원

나는 *백석* 이다

현대 남북한과 동서양의 화합을 위해 헌신한 삶과 음악

남북통일과 세계의 화합과
평화를 염원하며 작곡했다

"나는 남한과 북한, 동양과 서양, 고전과 현대의 경계에 서서
화합을 모색해 왔다. 우리 민족혼을 바탕으로 민주화와
통일을 갈망했고 세계가 전쟁과 핵 공포에서 벗어나
평화와 평등의 세상으로 나가기를 바랐다.
내 음악은 이 모든 염원의 표상이다"
- 윤이상이 독자에게 -

박선욱 지음 | 값 14,800원

나는 *윤이상* 이다

근대 삼한갑족 노블레스 오블리주의 대명사

나는 **이회영**이다

동서고금을 통해 해방운동이나 혁명운동은 자유와 평등을 추구하는 운동이었다.

"한 민족의 독립운동은 그 민족의 해방과 자유의 탈환을 뜻한
이런 독립운동은 운동 자체가 해방과 자유를 의미한다.
태고로부터 연면히 내려온 인간성의
본능은 선한 것이다."
- 이회영이 독자에게 -

이덕일 지음 l 값 14,800원

근대 육성으로 직접 들려주는 독립군의 장군 일대기

나는 **홍범도** 다

내가 오지 말았어야 할 곳을 왔네, 나를 지금 당장 보내주게

야 이놈들아, 내가 언제 내 흉상을 세워 달라 했었나.
왜 너희 마음대로 세워놓고, 또 그걸 철거한다고 이 난리인기
내가 오지 말았어야 할 곳을 왔네. 나를 지금 당장 보내주게.
원래 묻혔던 곳으로 돌려보내주게.
나는 어서 되돌아가고 싶네.
- 홍범도가 독자에게 -

이동순 지음 l 값 14,800원

고대 신화가 아니라 실재했던 한겨레의 국조

나는 **단군왕검**이다

서로 잘 어우러져 하나가 되는 홍익인간 공공사회를 일구었노라

"나는 임금이 되어 우리 겨레를 홍익인간의 삶으로 이끌려 애썼
그러면서도 자연의 원리에서 떠나지 않으려 했다.
융통성을 바탕으로, 공동체를 사안에 따라 매우
유연하고도 능란하게 운영하려고 했다. 반란과 대홍수를
이겨내고 모두 하나가 되는 공공사회를 일구었노라."
- 단군왕검이 독자에게 -

박선식 지음 l 값 14,800원

근세 여성 최초 상인 재벌과 재산의 사회 환원

나는 **김만덕** 이다

가난을 돌이킬 수 없는
수치로 여겨라

어진 사람이 나랏일에 간여하다가도 절개를 위해 죽는 것이나,
선비가 바위 동굴에 은거하면서도 세상에 이름을
떨치게 되는 건, 결국 자기완성이 아니겠느냐.
여성의 몸으로 내가 상인으로 나선 이유도
이와 다르지 않다."
- 김만덕이 독자에게 -

박상하 지음 | 값 14,800원

고대 민족의 고대사를 개창한 건국 여제

나는 **소서노** 다

내가 바로 고구려, 백제를 건국한 왕이다

"나는 졸본부여의 왕재로 태어나, 추모와 함께고구려를
건국하였으며 다시 두 아들과 함께 남하하여 백제를 건국하였다.
역사서에 나를 일컬어 왕이라 하지 않았으나,
엄연히 나라를 개창하여 백성들을 위한 정치를 펼쳤으니
더 이상 나의 존재를 부정할 수 없으리라."
- 소서노가 독자에게 -

윤선미 지음 | 값 14,800원

고대 신라의 중흥을 이룬 대장군

나는 **이사부** 다

위대한 장수는 싸우지 않고 이기는 전투를 한다

전장에서 적을 베는 것보다 싸우지 않고 이기는 장수가
지혜로운 장수다. 적국의 백성도 나라를 달리하면
모두 제 나라의 백성이다. 권력을 탐하는 자는
신의를 저버리나 백성은 그저 순리에 따를 뿐이니,
현명한 장수는 백성을 살리는 전투를 한다.
- 이사부가 독자에게 -

김문주 지음 | 값 14,800원

근대 식민지시대 대중문화운동의 진정한 선구자

나는 *왕평* 이다

너희가 '황성옛터'를 아느냐

나라 잃은 시대, 나는 민족 저항의 노래인 '황성옛터'
한 곡으로 겨레의 영혼에 불을 지폈다.
그 불이 꺼지지 않고 오늘에 이르렀다.
지금 그 불꽃은 꺼졌는가?
여전히 활활 타고 있는가?
- 왕평이 독자에게 -

이동순 지음 | 값 14,800원

근대 꺾이지 않는 마음으로 행동했던 시인

나는 *이육사* 다

인간다운 삶을 위한 해방,
완전한 독립을 위하여!

"나는 꺾이지 않는 마음이다. 의열단 군관학교 출신의 독립운동
비밀요원으로, 감옥에서 죽어가는 순간에도 시를 썼던 시인으로,
내가 꿈꾸었던 것은 자유롭고 평화로운 세상이었다.
인간다운 삶을 위한 해방, 완전한 독립을
완성하는 것은 이제 그대들의 몫이다."
- 이육사가 독자에게 -

고은주 지음 | 값 14,800원

중세 귀주대첩으로 고려를 구한 구국의 영웅

나는 *강감찬* 이다

11세기 동북아의 국제질서를 뒤흔들어놓은 귀주대첩

"거란의 2차 침입 때 대신들이 항복을 말했지만
나는 항복은 안 된다고 외쳐 위기를 넘겼다. 동북면병마사,
서경유수로 재직하면서 거란의 재침에 철저히 대비한
나는 거란의 3차 침입 때 귀주 벌판에서 적을 전멸시켰다.
고려는 막강한 저력을 바탕으로 거란, 송나라와
대등한 외교를 펼치며 평화를 누렸다."
- 강감찬이 독자에게 -

박선욱 지음 | 값 14,800원

고대 신화적인 삶을 산 한민족사의 큰 어른

나는 해모수 다

나는 조선인이고, 부여인이며, 고구려인이다

여러분의 말 속, 정신 속에는 나의 삶이 조금씩 배어 있다.
조상이 무엇인가? 역사의 거름이 되는 게 아닌가?
어려운 시기가 오고 있네만 나를 거름으로 삼아
후손들을 위해 맑고 기름진 거름이 되겠나.
- 해모수가 독자에게 -

윤명철 지음 | 값 14,800원

현대 타는 목마름으로 연 민주화와 흰 그늘의 길

나는 김지하 다

더 나은 세상을 위해 진흙창 속에 핀 연꽃, 십자가가 되려 했다

"나는 개벽을 향한, 부활을 향한 민중의 고통에 찬
전진 속에서, 내게 주어진 진흙창 삶 속에 피우는 연꽃이
되려 꿈꿨다. 내게 주어진 십자가를 지고 민중과 함께
있기를 소망했다. 민중의 한 사람인 내가 꿈꾼 이런 소망이
어느 시대, 어느 세상에서든 좀 더 나은 세계로 건너가는
징검다리 돌 하나가 됐으면 좋겠다."
- 김지하가 독자에게 -

이경철 지음 | 값 14,800원

현대 백석 시인을 사랑했던 조선권번 기생

나는 김자야 다

저는 백석 시인의 뜨거운 사랑을 받았습니다

그 험하고 가파른 세월을 무탈하게 살아올 수 있었던 것은
오로지 제 나이 22세 때 만나 서로 뜨겁게 사랑했던
백석 시인의 고결한 영혼 덕분입니다.
- 김자야가 독자에게 -

이동순 지음 | 값 14,800원